浅草鬼嫁日記　六

あやかし夫婦は今ひとたび降臨する。

友麻　碧

富士見L文庫

目次

第一話　大事件の幕開け　14
第二話　横浜中華街〝月華楼〟　49
第三話　クルーズナイトパーティー（上）　88
第四話　クルーズナイトパーティー（下）　111
第五話　宝島オークション　132
第六話　真紀、運命と出会う。　152
第七話　馨、灰島大和を救出する。　177
第八話　スイ、この瞬間を待っていた。　208
第九話　帰るべき場所　239
あとがき　280

浅草鬼嫁日記　登場人物紹介

あやかしの前世を持つ者たち

前世
鵺《ぬえ》

夜《や》鳥《とり》(継見《つぐみ》)由《ゆ》理《り》彦《ひこ》

真紀たちの同級生。人に化けて生きてきたあやかし「鵺」の記憶を持つ。現在は叶と共に生活している

前世
茨木童子《いばらきどうじ》

茨《いばら》木《き》真《ま》紀《き》

かつて鬼の姫「茨木童子」だった女子高生。人間に退治された前世の経験から、今世こそ幸せになりたい

前世
酒呑童子《しゅてんどうじ》

天《あま》酒《さけ》馨《かおる》

真紀の幼馴染みで、同級生の男子高校生。前世で茨木童子の「夫」だった「酒呑童子」の記憶を持つ

前世からの眷属たち

《酒呑童子 四大幹部》

熊《くま》童《どう》子《じ》

虎《とら》童《どう》子《じ》

いくしま童子《どうじ》

ミクズ

《茨木童子 四眷属》

深《み》影《かげ》

水《すい》連《れん》

木《き》羅《ら》々《ら》

凜《りん》音《ね》

周辺人物

おもち

津《つ》場《ば》木《き》茜《あかね》

前世
安倍晴明《あべのせいめい》

叶《かのう》冬《とう》夜《や》

その日、夢を見た。

長い赤髪を三つ編みにして、顔に「大魔縁《だいまえん》」と書かれた大きなお札を貼り付けた、片腕のない女の鬼の夢。

大魔縁茨木童子《いばらきどうじ》。

そう呼ばれていた時代の私を、知っているものは少なくない。

それだけ長い時を生き、時代時代の大妖怪《ようかい》や時の権力者と対立してきたからだ。

ただ、酒呑童子《しゅてんどうじ》は、馨《かおる》は、知らない。

私の、そんな醜い姿を。

〇

「……はあ、はあ」

全身、汗だくになっていた。前世の夢は体力を使う。

私が起きたせいで、隣で寝ていたおもちも目が覚めたようだ。

最初はぼんやりしていたが、私が汗だくなのを見ると自分のタオルで拭《ふ》いてくれる。

「ぺひょ、ぺひょ」

「ありがとう、おもち。優しい子ね」

おもちをぎゅっと抱きしめる。柔らかボディに顔を埋めると、おもちはまた「ぺひょっ」と鳴いた。おもちの可愛さにはただただ癒《いや》される。

「ちょっと早く起きすぎちゃったわね。そうだおもち、朝のお散歩行こうか。おにぎり途中で買って」

「ぺひょ〜っ、ぺひょ〜っ！」

馨は早朝に起きて宿題をする人なので、もしかしたら今も起きているかもしれないけど、邪魔しては悪い。声はかけないでおこう。

私も、時には一人になって考えたいこともある。

三月中旬でも、朝はまだまだ寒い。コートを着てマフラーをつけて、手作りポンチョを着たおもちを抱っこして、静かに家を出る。

浅草寺《せんそうじ》の早朝って、仲見世《なかみせ》通りのお店はもちろん開いてないし、観光客よりも犬の散歩をしている人でいっぱい。こっちはペン雛《ひな》の散歩だぞ。

でも、こういう所に浅草の日常というか、平穏を感じる。

仲見世通りのシャッター壁画は「浅草絵巻」と呼ばれていて、浅草《あさくさ》の歴史や四季折々の行事が描かれている。シャッターが下りていても目で楽しめるように工夫されているの。これ、豆知識ね。

「ぺひょ〜」

「はいはい。お腹空《す》いたのね、ちょっと待っておもち」

浅草寺を突っ切って、浅草駅側に出た交差点角にて、まずは『明るい農村』という手作りおにぎりを売っているお店に立ち寄った。

このお店は早朝から営業しているので、通勤前や通学前にお弁当やおにぎり、サンドウィッチなどをテイクアウトできる。

一つ百円の小さめおにぎり、梅、高菜、鮭、茶飯を買って、隅田《すみだ》川《がわ》の川沿いまで朝の散歩に出かけた。

今日はホワイトデーの朝。

昨日はスイとミカに、一日早めのホワイトデーのお返しを貰《もら》ったけれど、あれはとっても美味《おい》しかったなあ。

二人とも、私の大切な眷属《けんぞく》と、元眷属だ。

もちろん、いつも一緒ではないけれど凛音《りんね》も。

そして、どこにいるのかわからない木羅《きら》々も……

「ん？　おもち、なに見てるの？」

「ぺ」

おもちがフリッパーで木の上を指した。

ちょろちょろ動いているのは、隅田川の手鞠河童《てまりかっぱ》たちだ。彼らは早めに咲き始めた隅田公園の桜の木に登って、花を掻《か》き分けごそごそしていた。

「ああ、あれはね、桜の花の蜜《みつ》を吸っているのよ」

手鞠河童たちが花に嘴《くちばし》を突っ込みチューチューと蜜を吸う様は、隅田川の春の風物詩だ。

おもちも目をキラキラさせて、興味深そうに観察している。

「あ、喧嘩《けんか》」

ある二匹が押し合って喧嘩を始めた。それに巻き込まれ、もつれ合ってポカポカぺちぺちしていたり、更にポロポロ木から落ちる奴も。なにやってんだかと思ったりする。

浅草の結界が復活したからって、相変わらず緊張感のない低級あやかしたちだ。

仲間たちが、狩人《かりゅうど》に何匹も連れていかれたっていうのに……

歩道に降り、石のベンチに座って巨大な川の流れを見つめながら、買ったおにぎりのラップを剝《は》がし、パクパクと食べてしまう。

まだほんのり温かく、手作りならではの塩加減が絶妙で、おにぎりを包むしっとりした海苔《のり》が好き。家庭的でホッとする、どこか懐かしい味だ。

私は梅と高菜。おもちは、茶飯と鮭。

「見ておもち。今日もスカイツリーがおっきいわねえ」

「ぺひょ！」

当たり前のことだけど、やっぱりいつ見てもスカイツリーは大きい。

この国で一番高い建造物なんだもの、そりゃそうだ。

隅田川を挟んだ向こう側に堂々と聳《そび》え立っていて、いつも私たちを見守ってくれている、そういうシンボルになっているのが、少し不思議。

明治になった頃は、あんなに高い塔がこの地に建つなんて、考えてもみなかったな。

「茨木童子は、浅草で死んだ」

ポツリと呟《つぶや》く。その言葉は、強い早春の風にかき消される。

酒呑童子亡き後、悪妖《あくよう》となった茨木童子は〝酒呑童子の首〟を巡ってあらゆる者たちと戦って来た。

明治の初期まで生き延び、ここ浅草にたどり着いた。そして最後は陰陽師《おんみようじ》・土御門《つちみ》晴雄《かどはるお》に調伏され、命を散らす。

新しい人生に、その頃の負の感情を持ち込まないようにしようと、考えずにいたことばかりだ。

いや、私はいまだ、逃げているのかもしれない。

馨に、あの頃の醜い自分を知られたくなくて、話せていないことが沢山ある。

嫌われるって思っているわけじゃない。ただ、言葉にしづらいのだ。どこからどう話せばいいのかもわからない。あまりに長い時間を、費やしたから。

だけど、ゆっくりでもいいから伝えていかなきゃ。私の本当のこと。

「私たち、お付き合い始めたんだから……っ」

いやいや元夫婦がお付き合いって、と自分でつっこみたくなるが、実際に私と馨は今更お付き合いを始めた仲だ。

首につけ服の中に隠していたルビーのネックレスを取り出し、ぎゅっと握って、乙女らしく愛《いと》しいその人を想う。これはクリスマスプレゼントとして、馨に貰ったものだ。

「ああっ！　おもちったら～米粒こんなにつけて」

「ぺひょ？」

茶飯おにぎりに夢中になっていたおもち。嘴についた米粒を取ってあげる。

そんな中、また強い風が吹いた。

「あの……」

背後から声をかけられ振り返ると、そこには見知らぬ眼鏡の青年が。

いや、このボサボサ頭と黒縁眼鏡には見覚えがあるぞ。

ひょろっと背が高くて、ダボダボセーター着てて……

「ああっ！　ファミレスのドリンクバーを知らない青年！」

説明口調になりながら、思わずその青年を指差してしまった。

青年は私の大声に多少ビクついていたが、その通りだと言わんばかりに、コクコクと頷《うなず》いた。

「後ろ姿が似てたから、もしかしてと、思って」

「ああ、なるほど。ふふ。私、髪がふわふわしてて少し赤っぽいから、後ろ姿でも目立つでしょう？」

青年はまた無言で頷く。そして「その節はどうもありがとう」と頭を下げる。

礼儀正しくて、でもどこか頼りない。なんかもう、人畜無害の草食動物って感じの子だな。

私は自らの赤毛をくるくる弄《いじ》る。

「私ね、この髪のせいで学校じゃあ時々注意されちゃうのよ。地毛だから仕方ないのにね」

「……なぜ？　とても綺麗《きれい》なのに」

すると青年は、思いのほか大胆に、私の髪を褒めてくれた。

草食系男子だと勝手に思い込んでいた私、調子が狂う。

「あ、あはは……ありがとう。えっと。あなた、この近所に住んでるの？」

「いや、浅草には何度か来る用事があっただけで、住んではいないんだ。今日も、やらないといけないことがあって。

小声で話しながら、最後に咳《せ》き込む青年。風邪を引いてるのかな。

「大丈夫？　朝はまだまだ冷え込むんだから、暖かくしてなきゃ」

私は相変わらず浅草のおばちゃんじみたお節介を発揮し、自分の首に巻いていた白いマフラーを取って、青年の首に巻いてあげる。

ゆるいVネックのセーターのせいか、首元がやたら寒そうだったから。

「これ……君の」

「あげるわ。もう一つ持ってるし。あ、お古を押し付けられたって思った？」

「い、いや。あたたかいけど……」

「ならばよし。バレンタインデーに出会ったよしみで、ホワイトデーにそれをあげる」

などと自分で言っていて意味不明な理屈だなと思ったり。多分この子も意味が分かってなさそうで、眉根《まゆね》をぎゅっと寄せたまま、口を半開きにしている。

だけど、この子が気になっていたのは、私の膝《ひざ》の上の、ポンチョを着たペン雛みたい。

「あの、それ……」

私は「ああっ」と上ずった声をあげ、

「そろそろ学校行かなきゃ！」

ちょっとわざとらしかったかもしれないが、実際に、もうそろそろ家に戻らないと馨が迎えに来る。

それに、学校へ行く前におもちをスイの薬局に預けに行かなくちゃ。

「じゃあね。私は浅草に住んでるから、また会うこともあるかもしれないわね。あ、私、茨木真紀《いばらきまき》って言うの。あなたは？」

何となく、名前を聞いてみた。

次にもし会った時に、名前も知らなかったら、声もかけづらいしね。

なんて思っていると、青年は何も言わずに、ぺこりと頭を下げ、私の真横を通り過ぎる。

「来栖未来《くるすみらい》」

そう、去り際に名乗った。その声だけは、はっきりと聞こえた。

強い春の風が吹いて、振り返るともう、その青年はいなかった。

第一話　大事件の幕開け

ホワイトデー当日とはいえ、その日はいつも通りのはずだった。
朝、早起きして隅田川《すみだがわ》周辺を散歩したせいか、私も授業中にうつらうつらとしている。
いや、これもいつものことね。

ペヒョ〜、ペヒョ〜。

ああ、どこからか、おもちが私を呼ぶ鳴き声が聞こえてくる。
おもちはスイの薬局に預けたし、こんな場所にいるはずないのに。
夢でまでおもちの鳴き声が聞こえるようになったのかな〜……
な〜んて思いながら眠気と戦っていたら、それはどうやら、夢ではないみたいで。

ぺひょ〜、ぺひょ〜。

ハッとして窓から外を見る。

すると、誰もいないグラウンドの上にポツンと立つ、一人のあやかしがいた。

黒いスーツ姿で、片腕におもちを抱え、もう片腕にボロボロの烏を抱えている。

「リン……」

凛音《りんね》。茨木童子《いばらきどうじ》の元眷属《けんぞく》の一人で、吸血鬼だ。

彼の表情は遠目から見ても深刻で、片目に抱く黄金の瞳《ひとみ》で訴えている。

茨姫《いばらひめ》、大変なことになった、と。

「先生！」

「な、何だ茨木」

「すみません、頭痛と吐き気とめまいが酷《ひど》いので保健室に行って来ます！」

「え、あと5分で授業終わるけど……って、あ、茨木！」

5分って、一刻を争う時は結構長いものよ。

というわけで国語の先生の了解も待たず、教室を飛び出し、急いで凛音の元に向かう。

馨《かおる》と由理《ゆり》も私の行動で何か察したのか、それぞれ言い訳を作って教室を出てきた。

教室のクラスメイトは、私たち三人が揃って出てったことでざわついてるでしょうけれど、この際は仕方がない。あとで叶《かのう》先生にでも、フォローさせましょう。

「リン！　何があったの⁉」

昇降口まで降りると、リンはそこまで来ていた。

彼は相変わらず青白い肌で難しい顔つきだが、いつもと違ってどこか焦りを感じられる。

それに、酷い怪我をしたミカと、泣いているおもちがいる。

私は事情をいち早く聞きたかったが、冷静な馨が私の腕を引き、

「おい、ここじゃまずい。授業が終わる前に、部室から狭間《はざま》に降りよう」

これには私も「そうね、そうよね」と頷き、急いで部室に向かう。

ちょうど授業の終わるチャイムが鳴り響き、生徒たちが一斉に教室を飛び出したような足音も聞こえる。

だけど私たちはもう、10分後に始まる次の授業に出るつもりはなかった。

部室の掃除道具入れがあちら側に降りる入り口だ。

「開け、裏明城学園《うらめいじょうがくえん》」

そこから学校を模した狭間空間へ降りる。

人間の邪魔が入らない場所で、まずは傷ついたミカへ自分の霊力を注いだ。眷属は主人の霊力で癒《いや》され、力を取り戻すことができるからだ。

「茨姫様。お手を煩わせてしまい、すみません。ですが、スイが、スイが……っ」

「スイ？　スイに何かあったの？」

ミカが無理に喋《しゃべ》ろうとして、苦痛に羽をばたつかせた。

この傷口から流れ出る黒い冷気、見覚えがある。

狩人《かりゅうど》があやかし退治に使う呪具《じゅぐ》による傷だ。

「茨姫、落ち着いて聞いてくれ。水連《すいれん》は狩人の連中に攫《さら》われた」

「え……」

凛音が伝えた明確な事実に、私たちの表情は強張《こわば》る。

「スイ、が？」

あの水連が？

「あ、ありえないわ。だってスイよ。知恵も力もある。本気を出せば、どんな大妖怪《ようかい》だって手に負えない。そのくらい、スイは本来、とても格の高い神妖《しんよう》。それに浅草《あさくさ》には結界が。私たちが、張り直したはずなのに……っ」

私は少し狼狽《うろた》えてしまった。

「結界の外でのことだ。狩人が意図的に深影《みかげ》を襲い、オレの持つ黄金の瞳がそれに気づいた。水連は自らが深影を助けに行き、オレをあなたの元に寄越《よこ》そうとしたのだ」

「……水連なら確かにそうするだろう。狩人が深影を狙うということは、真紀《まき》についても調べが付いているということだからな」

馨は冷静だった。スイなら確かにそうすると、私も思う。

「深影君とおもちちゃんは、どこで拾ったの？」

由理が尋ねると、凛音は素直に答えた。

「オレがここへ向かっている途中、空からこのカラスとペンギンが落ちて来た。水連が逃がしたのだろう」

ミカがまた悔しそうな掠《かす》れ声で、付け加える。

「僕とおもちは強制変化薬で姿を隠し、スイによって逃がされました。変化時間が短く設定されたものだったので、すぐに解けてしまいましたが、狩人からは逃げ延び、凛音に拾われてここへ……僕の片目を奪った大嫌いな凛音に。うっうっ、死ね」

「ふん。今はそんなことを言っている場合ではないだろう」

ミカの恨み言もさらっと流して、他人面している凛音。

兄弟喧嘩《げんか》しないの、とお決まりの文句を言おうとしたその時だ。

「⁉」

どこからか異様な霊力を感じ、ここにいる誰もが警戒していると、直後に掃除道具入れが開き、中から理科系教師の叶先生が現れた。

授業をサボっている私たちが言うのもなんだけど、あんたも授業、どうしたの？

「おい、お前たち。もう教室に戻らなくていいから、そのまま浅草に逃げろ。狩人の放った使い魔が、何匹か学校に入り込んでいるぞ」

「使い魔……？」

叶先生はピッと呪符を投げた。それは、掃除道具入れからこちら側に入り込もうとしていた、奇妙な化け物を祓《はら》う。

「な、何あれ。悪魔みたいな黒い羽が生えてたけど」

あやかし？　いや、それとは何かが違う。

「西洋の低級モンスター〝小悪魔《インプ》〟だ。一匹では弱いが、気性が荒く奇襲には使える。やはり狩人は異国の人間が率いているようだな」

「モンスター……」

叶先生がモンスターとか言うと激しく違和感を覚える。

だけど流石は元大陰陽師《おんみょうじ》。海外のモンスターにも精通しているようで。

「俺は今から四神を使って浄化の術をかけ、学園を丸洗いする。お前たちの無駄に強大な霊力は邪魔だ。さっさと帰れ。あ、夜鳥《やとり》、お前はこいつらについて行って、後で事情を俺に報告する任務だ」

「あ、はい」

「ちょ、先生！」

しかし叶先生はそれだけ言うと、再び現世《うつしょ》へ戻って行った。

「相変わらずのマイペースだな」

「あれでも叶先生にしては、焦ってる方だよ」

由理は多少なりとも、主《あるじ》をフォロー。

ここは先生に任せることにして、私たちはカッパーランドの狭間連絡路を経由し、浅草に戻った。

まずは浅草地下街あやかし労働組合に行って、このことを連絡しなければ。

「また百匹くらい持ってかれたでしゅ……」

「だから地上には出るなって言ったでしゅ～」

「不忍池《しのばずのいけ》で泳ぎたい衝動に負けちゃったでしゅのに」

途中、出くわした手鞠河童《てまりかっぱ》たちが、ひそひそ話しているのが聞こえてきた。

どうやらまた、手鞠河童たちが大量に捕獲されてしまったらしい。

浅草の結界を張り直し、一息ついたと思っていたのに、それはまだ大事件の序章だったかのように、何かが動き出している。

浅草地下街あやかし労働組合。

銀座《ぎんざ》線浅草駅直結の浅草地下商店街にあるその組織は、今日も受付が閉まっており、電話をしても誰も出なかった。

ここ最近、いつ来ても灰島大和《はいじまやまと》組合長に会えない。

それがまた、私たちの不安を募らせる。

「どうしよう。組長たちにも何かあったのかもしれないわ。スイがどこに連れていかれたかもわからないのに、どうしたら……っ」

「落ち着け真紀。こう言う時は焦っても仕方がない」

「そうだよ真紀ちゃん。一旦《いったん》、状況を整理して作戦を練った方がいい」

「……そう、よね」

こんな時に、ある後悔が押し寄せる。

スイを眷属にしていなかったこと。

私の場合、眷属には自分の血を媒体にして契約をしている。だからこそ眷属にしていれば、血の絆《きずな》をたぐって、大雑把でも居場所を突き止めることが可能だった。

だけど、私はずっとスイを眷属にはしなかった。

本人は眷属になりたいと言っていたけれど、スイにはもう私は必要ないと、必要であってはならないと……そう思っていたから。

悶々《もんもん》とそんな事を考えながら、浅草地下街から地上に出ると、

「お困りのようですね」

眼鏡を押し上げるスーツ姿の男と出くわした。

まるで待ち構えていたかのようなタイミングだった。

「青桐《あおぎり》さん。それにルーも」

この人は、陰陽局《おんみょうきょく》の退魔師の一人だ。

隣のエキゾチックな美女は、青桐さんとコンビを組んでいる人狼《じんろう》のルー・ガルー。

「浅草地下街に、誰もいないようでした。青桐さんは何かご存じで？」

由理が端的に尋ねる。青桐さんは「ええ」と頷《うなず》くと、

「あやかし労働組合は、組合長の灰島大和さんをはじめ、数人が行方不明となっています」

「えっ⁉」

「それをお知らせしたく、あなた方が浅草に戻ってくるのを待っていました。ですがそちらも……何かあった様子ですね」

私たちはそれぞれ頷く。

「スイが、千夜《せんや》漢方薬局の水連が攫われたの。狩人に」

青桐さんは、眼鏡越しの目の色を変え、ルーに何かを頼んでいた。

ルーはここから少し離れて、スマホで何処かに連絡を取っていた。

「ここでは目立ちます。結界を張り直した浅草とはいえ、全ての悪意がこちらを向いていないとは限りませんから。そこで皆さんには、このまま陰陽局の東京本部に来ていただきたいと考えております」

「⁉」

この近くにある〝東京スカイツリー支部〟ではなく〝東京本部〟……？

驚いたけど、それだけ大きな事件が幕を開けつつあることを、私も予感していた。

「浅草地下街は狩場に張り込み、危険を冒してまで狩人を尾行し、情報を集めていました。陰陽局とも協力体制にありましたが、そのことを我々は知りませんでした。そして二日前、大和さんの式により我々は敵に関する重要な情報を得ました。しかしそれを最後に、彼とは連絡が途絶えてしまったのです」

それって、つまり……

「安否は不明ですが、おそらく敵に捕われたものと思われます。もちろん我々は彼らを助け出し、狩人の背後にいる組織を追い詰めるつもりです。浅草地下街の得た情報は、水連さんを助け出す手がかりになると、私は考えています」

「私たちに、その情報を教えてくれるの？　手を貸してくれると言うの？」

「逆ですよ。我々の計画にあなた方のお力をお貸し頂きたい。そのために、一度ぜひ、東京本部へ」

もしかしたら、それは彼らにとって私たちを監視下に置くための口実だったのかもしれない。

だけど、それはもう、一旦横に置いておこうと思う。

浅草地下街の人たちまで敵に捕われたとなると、事は一層深刻なのだ。

陰陽局は何か事情を知っていそうだし、協力し合って彼らを助け出せるのなら、願ってもない。

ふと不思議に思ったのは、そういうことを、私が当然のように考えていること。

それも、かつて大嫌いだった、陰陽局の退魔師に対して。

いや、まだ陰陽局が手を貸してくれるかはわからないが、お互いに取引はできるはずだ。

一番大事なのは、スイと、浅草地下街の皆を助けることだもの。

「わかったわ。連れて行って、陰陽局東京本部に」

「かしこまりました。では、ご案内いたします」

馨と由理も頷き合っている。

気がつけば、陰陽局のものと思われる車が、すぐそこまで来ていた。

連れていかれたのは、陰陽局の中でも東日本最大を誇る、東京本部だ。


「まさか、東京本部が東京駅の目の前にあったとはね」

浅草より30分ほどで着いた東京駅。大きな赤レンガ駅舎、テレビではよく見るけれど、実際に見たのは本当に久々。

「なんて観光に来たわけじゃないのよ。東京ばな奈食べたいとか、そんなこと思ってないからね。そんな場合じゃないんだから」

「何ぶつぶつ独りごと言ってんだ、お前」

馨に突っ込まれながら、無数のビル群の中を車は進み、とある高層ビルの地下駐車場へと入っていく。

車を降りて青桐さんについて行きながら、

「陰陽局東京本部の入っているこのビルは、東京駅と皇居の間に位置することで、この両方を守る結界柱の役割を果たしているのですよ」

と言う豆知識を聞いた。

地下の駐車場からエレベーターに乗り、表向きは隠された階層で降りる。

陰陽局、東京本部。

古い結界と新しい結界が重なり合い、蜘蛛《くも》の糸のように張り巡らされている。表向きはいかにも会社の受付って感じなのに、やはりそこは退魔師の巣窟《そうくつ》なのだ。

青桐さんが受付であれこれしていた。

その間、私たちは広いロビーで待っていたのだけど、廊下ですれ違う人たちは青桐さんに挨拶《あいさつ》をしつつ、私たちのことは横目でチラッと気にして、飄々《ひょうひょう》と去っていく。

誰もが並々ならぬ霊力を持っている。スーツのサラリーマン風の人もいれば、本格的な狩衣《かりぎぬ》姿の退魔師もいるし、普通の大学生のような、ラフな格好の人も。

陰陽局とはいえ、あやかし退治を専門にしている退魔師だけが所属しているわけではないらしい。霊的事件を史実や民俗学から紐解《ひもと》くための調査部署もあれば、退魔師たちの新術や武具を開発し管理する部署、あやかしによって傷つけられた退魔師を癒《いや》す治療施設、また狩人《かりゅうど》のような対人間を想定とした特殊部隊もある。

基本、あやかし退治を専門とする退魔師は、人間を意味なく攻撃することを許されないが、この手の事件では国から許可が下り、対人間用の術の行使や、武具の使用も、範囲を広げて認められるのだとか。

「深影さんは怪我をしているみたいですけど、こちらで霊力治療を施しましょうか？」

「いい。茨姫様に分けていただいた霊力で、もう回復済みだ」

今までずっと私に抱きかかえられていた小烏姿のミカ。

陰陽局の人間の前では、威厳のある口調で元の姿に戻るも、馨に、

「お前、真紀に抱えられたいが為に回復してたの黙ってたな」

とつっこまれ、あわわと焦っていた。

「あの、今更で申し訳ないのですが、そちらのお方は」

「ああ、ずっと後ろで怖い顔してついて来てる銀髪の子は凛音よ。愛称はリン。茨木童子の元眷属《けんぞく》の三男坊。今は人間に化けてるけど、一角の吸血鬼なの。好物は私の血。最近ちょっと反抗期」

「そんなことまで言わなくていい！」

ブチギレのリン君。

なぜオレまでこんなところに、と不機嫌な顔してブツブツ言っているが、スイの件は彼から話を聞かなければならず、付いて来てもらった。

だけどやっぱり、あやかしにここは、少し居心地が悪いみたい。

それに、ルーが少し凛音を警戒している。

そうだ。かつて悪妖《あくよう》と化したルーを私にけしかけたのは、凛音だった。

特に何か話すことも無いけれど、一応彼らは知り合いなのよね。

「うちは外部の人間やあやかしのチェックが厳しいので、色々とお手数おかけしまして申し訳ありません」

「いえいえ」

まあ、ここは天下の陰陽局。私たちみたいなのがこぞって入るとなったら、色々とチェックがあるのも仕方ない。

やっと中に入る許可が出て、私たちは会議室に通される。

そこで青桐さんが陰陽局の複数の職員とともに、入手した狩人の情報を説明してくれるようだ。

「皆さんお昼がまだなのでは？　ここに用意しているお茶やサンドウィッチは好きに食べていいですからね」

「わーい、『まい泉』のヒレかつサンド！」

「会議の定番だな」

確かにお昼はまだだったので、とても嬉《うれ》しい。ペットボトルのお茶に、小さな箱に入った『まい泉』のヒレかつサンドをいただきつつ、大人しく椅子に座っている。

これこれ。甘めのソースが染みた軟らかいトンカツ。これを薄めの食パンで挟んでいるシンプルなものだが、パンとカツとソースのバランスが絶妙で、とっても美味《おい》しい。一つがとても小さく、手を汚すことなく食べやすい。会議等で重宝される理由もわかるわ～。

「おい、授業中に呼び出されたと思ったら、なんでこいつらもいるんだよ。飯食ってるし」

「あ、津場木茜《つばきあかね》だ」

ここで陰陽局の若きエース、津場木茜がやって来た。学校帰りのブレザー姿だ。

「茜君も座ってください。事情は後ほど詳しく説明しますので」

「ったく、まあ……察しはつくけどな」

津場木茜が空いた席に座ると、青桐さんはいよいよ説明を始めた。

「浅草に度々現れていた〝狩人〟は、三人から五人ほどのチームで行動し、需要のある手鞠河童や、歴史的価値の高いあやかし、美しい容貌《ようぼう》をした観賞用あやかしなど、リストアップして計画的に攫《さら》っていました。深影さんが狙われたり、水連さんが攫われたのは、茨木童子の眷属であったという情報を、あちらが入手したからでしょう。深影さんと茨木さんのことは前の百鬼夜行で公になっていますし、水連さんは薬師としても有名ですからね」

モニターに、三人のフードを深く被《かぶ》った男が映し出される。

長いローブ姿に、あやかしが嫌う呪杖《じゅじょう》。前に隅田川で遭遇した、あいつらだ。

「今のところ、取り逃がし続けている狩人はこの三人。一人は〝ライ〟というコードネームで知られており、この中のリーダー格と思ってよいでしょう」

「ライ……」

「確か凄《すご》く、逃げ足の速いやつだ」

私も馨も由理も、覚えがある。

「ライはこの三人の中でも飛び抜けた存在で、我々も手を焼いています。彼らは対あやかしの呪具を複数所持しており、それらは全て海外製。錬金術による産物と思われます」

「錬金術？」

「まるで漫画だな」

「おい。海外の連中からしたら俺たちも大概だと思うぞ」

津場木茜のツッコミも冴《さ》え渡る。

あやかしとか陰陽師とか、当たり前のように受け入れている私や馨でも、異国のその手の存在には疎い。関わることもないからだ。

「呪具のサンプルがうちに一つあります。ご覧ください」

陰陽局の女性の職員が、そのサンプルを持ってきた。

ぐるぐる巻きにしていた布を剝《は》ぐと、途端に嫌な感覚に襲われる。

細長く黒い、金属製の杖《つえ》。あやかしを傷つけるための呪文が延々と刻まれており、それが赤く光を抱き、今でも淡く浮かび上がっている。

由理はいつも通りにしているけれど、ミカは傷の痛みを思い出したのか顔を背け、凛音は眉間《みけん》にしわを寄せ、それを睨《にら》んでいた。

「また狩人の背後にいる、大きな組織の存在も明らかになりました」

モニターの画面がパッと変わり、航海する巨大な船が映し出される。

「なんですか、これ」

「海賊船です」

「え、海賊船⁉」

モワモワモワモワ……

私とか馨の頭の中には、某海賊ハリウッド映画や、某海賊少年漫画のイメージが。

それは私たちにとっては、物語上のカッコイイ存在だ。

「海賊って聞いて何を思い浮かべてるのか、お前たちのそのアホ面でよーくわかるぞ。言っとくが、そのイメージはまるで違うからな」

「えっ、違うの⁉」

私以上に、馨があからさまにショックな顔してる。

「そもそも外国で海賊は今でも存在する悪党どもだ。それはマフィアのように違法な商売をしていたり、テロ組織のような武装集団なんだよ」

津場木茜がこの世の現実を突きつける。

青桐さんも苦笑いしつつ、話を戻した。

「組織の名は、バルト・メロー。バルト海で悪名高い、人魚の密漁組織です。人魚を狩り尽くしたのか、最近日本に目をつけ、お抱えの狩人を放ちあやかし狩りをしていたようです」

「あやかしが見世物にされていることなんて昔からあったことだが、今でもそんなに需要があるのか。海外の組織に狙われるほど」

「そういうことですね、天酒《あまさけ》君。人外生物とは世界各地に存在し、またそれだけマニアやコレクターもいますが、日本のあやかし、すなわち妖怪《ようかい》の類《たぐい》は、人魚に負けずマニアが多いと言われています。海外に連れていかれる前に連れ戻そうと、大和さんは攫われたあやかしたちの行方を追っていました。多少、無茶をしてでも」

組長が、私たちに詳しいことを教えてくれなかった理由がわかった。そんなヤバい連中が相手なら、組長が私たちに助けを求めるはずがない。組長は、そういう人だ。

人外密売を主に活動する海賊バルト・メロー。

ボスはエキドナと呼ばれ、女性だという。

またそれに属する構成員たちの情報がずらずらと羅列されていた。数人日本のあやかしの協力者がいるらしいが、それらの情報は不明。

「浅草地下街が入手してくれた情報は、ここからです。今週末の日没時に、大きな人外オークションが開かれます」

これまた、ハリウッド映画なんかの一幕が頭をよぎる私たち。

「連れ去られた浅草のあやかしは、そのオークションに出されるってこと？」

「ええ、そういうことです。おそらく、水連さんも」

青桐さんは私の問いに答え、眼鏡を押し上げつつ、

「要するに、捕われたあやかしたちは、今すぐに命が脅かされている心配はないと考えられます。あの手の者たちにとって、あやかしは商品ですから、品質管理は仕事のうち。ご安心をと言うには、あまりに無神経でしょうけれど」

「いいえ、敵が誰で、何を目的にしていたかが分かっただけ、ありがたいわ」

そして私は、敵の思惑について、より深く考えてみる。

「その海賊は、私も攫って、オークションとやらに出すつもりだったのかしら。真っ昼間

から学校に、異国の使い魔を差し向けてまで」

「茨木童子は日本あやかし界でとてつもない知名度と影響力を持ちます。手中に収めたいと思う者は少なからずいるでしょう。今はすでに、人間であれ」

それって誘拐事件よ、とつっこもうとしたけれど、相手は海賊だった。

誘拐なんて本業よね。

「そもそも、あの手の者たちが使う狩人とは、幼い頃に攫った霊力の高い子どもが、多いと聞きます」

「人攫いして、狩人に育てたって訳か」

「そういうことです」

ロクでもない現実にため息をつく馨に対し、津場木茜が続ける。

「ま、霊力の高い人間は、周囲にそれをサポートする者がいない限り、孤独に陥りやすいからな。力の使い方もわからず、見えているものが何なのかも教えられず、身を守るすべも知らない。だけど周囲には、一つも理解されないんだから」

「津場木茜も、そうだったの？」

「俺⁉　俺はそういう家の出だ。生まれた時から周囲のサポートは万全で、突然その力をもって生まれた人間に比べたら、ずっと恵まれている。たとえ、学校の同級生なんかに理解されなくても、家族は理解してくれるんだから」

以前津場木家に訪問したことがあるが、確かに家族内の空気はよく、津場木茜が家族を拠《よ》り所にしているように思えた。津場木家は、誰もが退魔師としての力を持っているからだ。

しかし彼の言う通り、突然その力を持って生まれた子どもの苦労は、想像を絶する。孤独と特殊な力を、悪い大人が利用する世界がある。あまり考えたくないけれど、目の前の事件こそが、今の時代の闇を反映していると言うのなら、私はそれを知らなければならないのかもしれない。

話は再び、人外売買をする組織と、オークションの件に戻る。

「オークションが開かれる場所や、組織の詳しい内情、捕われているあやかしの状態や数は未《いま》だ不明です。我々としては、オークションが開かれる前、もしくは開かれている時に、潜入して敵の本陣を一網打尽にしたいという考えがあるのですが」

「なら、話は早いわ」

そこで私はビシッと挙手して、堂々と提案した。

「あっちは私を狙っているのだから、いっそのこと私が攫われてしまえばいいのよ」

「!?」

この場にいる誰もがギョッとした顔をしている。

「まさか、囮《おとり》になる気かい、真紀ちゃん」

「そのまさかよ由理。そしたら内部から色々探れるし、馨なら、その神通の眼で私の居場所をサーチできるでしょう？」

「バカ！　そんな危険なことさせられるか。お前、今はただの女子高生だっていう自覚が、時々ないよな⁉」

「あんたはあんたで過保護すぎるのよ、馨。スイや組長が海賊に攫われてるのよ、確実な手を考えなくちゃ」

「ダメだ、その手は俺が認められない！」

「何よ馨、私が海賊に負けるとでも思ってるの？」

「そーゆー話じゃなくて！」

やはりというか、そうですよねというか、私が一人で海賊の懐に飛び込むというのは、馨が心配しすぎて許可を出してくれない。

「えー、夫婦喧嘩《げんか》を始めそうなところ悪いけど、僕からも少しいいかな」

誰もが私たちの言い合いを止められない中、慣れた様子で痴話喧嘩に割り込んだのは、由理だった。

「青桐さん、真紀ちゃんが囮になる案は、正直のところどう思っていますか？」

「そうですね。正直なことを言うのなら、悪くないと思っています」

「ええ。僕も、実際のところ確実な案かと」

馨が「おい」と由理の肩を引く。

「ちょっと待て、もしかして由理まで、真紀の案に賛成なのか」

「そう青い顔しないでよ、馨君。君は僕がどんなあやかしだったか、もう忘れてしまったのかい」

「……あ」

そこで馨も私も、ピンと来た。

由理は不敵な笑みを浮かべて、そのまま静かに、私に変化した。

「僕は完璧に真紀ちゃんに化けることができます。僕が真紀ちゃんになって、囮の役を引き受けましょう」

誰もが驚いていたが、青桐さんは思わず手を叩《たた》いて感激している。

「夜鳥君。いえ鵺《ぬえ》様、あなたの変化《へんげ》の術は、そのものになりきるのですね」

「ええ。真紀ちゃんとは付き合いも長いですしね」

おおお、と私まで感嘆の声が漏れる。どこからどう見ても私だ。いや、私より、なんかよくわからない清楚《せいそ》な色気が……？

「そいつの茨姫の変化は完璧《かんぺき》だ。……京都ではそれで惑わされたからな」

「あら凜音。あんたそんなことがあったの？」

後ろの壁に背をつけ、腕を組んで黙っていた凜音が、珍しく話に加わった。

大人しいので本当にここにいるのか、さっきから何度か確認したくらい。

「由理、大丈夫か？　危険な仕事だぞ」

「馨君は心配しすぎだ。僕は使える術の数も多いから、身を守ることに関しては、ここの誰より信用があると思うよ」

だけど由理は、青桐さんに向き直り、

「ただ、今の僕は一応、叶先生の式神です。叶先生の許可が必要になります」

「ああ、その点は、私にお任せください。これでもあの方には、一つ貸しがあるのです」

「えっ」

私も馨も、由理でさえも、ギョッとした。

あの叶先生に？　うそお……青桐さん何者……？

「ふん。青桐さんをナメるなよ。陰陽局でこの人に借りの無い人間はいない」

「あはは。そういう言い方もどうかと思いますよ、茜君。まるで私が悪人みたいじゃないですかー」

ごくり、と生唾《なまつば》を飲む私たち。笑っているけど、すっかり笑顔が黒く見える。

「話を戻しますが、必要な情報は以下になります」

オークションの行われる会場の正確な場所を特定すること。

あやかしたちがどういった形で捕えられているのかを知ること。

相手の抱える狩人《かりゅうど》たちの人数、および能力。

青桐さんはわかりやすく、私たちにそう説明した。

「これは憶測ですが、オークション会場は非常に探査されにくい場所であると思われます。尻尾《しっぽ》をつかんでも、どこかで追跡が途切れてしまい、我々では正確な場所を特定することができずにいるのです」

「それは〝狭間《はざま》〟という可能性があるってことだな」

馨がそう言うと、青桐さんが頷《うなず》き、

「ええ。少なくとも、その手の結界術で隠されている場所かと。狭間が使用されているのであれば、相当な大妖怪が向こうについていると考えられます」

ここで凛音が、口を挟んだ。

「敵にはおそらく〝ミクズ〟が付いているぞ」

その名に、私たちの表情は強張《こわば》り、霊力が逆立つ。

決して忘れることのない、仇《かたき》の名。

陰陽局の面々も、途端に顔色を変える。ミクズは時代ごとに現れ、様々な姿で日本を乱し続けた大妖怪だからだ。

「あの水連が、あっけなく捕まったのがいい証拠だ。何か、水連を動揺させるものや、その力を封じるものがあったのだ」

「それは……」

もしや、神便鬼毒酒《じんべんきどくしゅ》、だろうか。

千年前、大江山《おおえやま》の狭間《はざま》の国《くに》を滅ぼすきっかけとなった酒だ。

あの酒は、一時的にあやかしの力を封じる力があった。ミクズが生きているのなら、あれがまだあってもおかしくはない。

「ミクズってのは、九尾の狐の玉藻前《たまものまえ》のことだろう。あの女は天酒が結界術で封じたはずだ。俺はこの目で見たぞ」

津場木茜が解せないという顔をして尋ねる。そこで凛音が、

「あの女狐は不死身だ。不死身というより、あと二回、命が残っている。オレは長年、狩人を追ってきたが、この手の事件でミクズの存在がチラつくことは何度かあった。京都でも、狩人関連で得た情報を元に、あの女の動向を探っていたのだ」

確かに凛音は、私と京都で出会った時には、ミクズの存在を知っていそうだった。それにルーを私にけしかけた時も、狩人絡みの情報をもとにルーと接触したのだと考えると、自然と事情が繋《つな》がってくる……

私も、多分馨も、ミクズが京都の一件で散ったとは思っていない。

千年前からの戦いは、形を変え、いまだ続いているのだ。

この事件に、狭間結界やミクズが絡んでいるとなると、私たちの力だけでも、人間の力

だけでも荷が重い。

「玉藻前の件も気になりますが……ひとまず、我々があなた方に語れる情報はここまでです。ここからは、どの程度協力していただけるか、という話になります」

「僕はやろうと思います」

由理は軽く手をあげて、平然と答えた。

「私だって、スイや組長たちを助け出すためなら、何だってするわ」

私は最初からそのつもり。

「……わかった。そういうことなら、俺も力を貸す。もとより、陰陽局の力無しでは、全て救い切れるとは考えていなかった。これだけ情報を出してくれたんだ、俺たちが何もしないのは、筋が通らないだろう」

なんだかんだと言って、馨もこの通り。

これを聞いて、青桐さんやその他の陰陽局の面々は立ち上がると、

「ご協力、感謝いたします」

私たちに頭を下げる。多少不満げだが、あの津場木茜まで。

私たちは仰々しい彼らの態度にぽかんとしつつ、

「あの、そんなに畏《かしこ》まらなくても。お互い様だし」

「いいえ。浅草地下街の大和さんは、できるだけあなた方を巻き込まないようにしたいと

おっしゃっていました。あの方はあなた方の力を利用するよりも、あなた方には浅草で、平和に安全に暮らしていて欲しいと、その思いが強くあったのです」

組長の優しさを、その思いを、青桐さんは知っていた。

だがそのせいで、組長が自ら危険な場所に飛び込んでしまったということも。

その上で彼は、厳しい表情になる。

「我々もそのつもりでしたが、ことは一刻を争い、単純ではありません。あなた方の偉大なお力を、どうかお貸しください」

私や馨、由理はお互いに顔を見合わせ、それぞれの意思を確認して、今一度表情を引き締めた。

「むしろ私たちこそ、陰陽局のあなた方に、たくさんの力を借りることになるわ。よろしくお願いします」

そして三人で、頭を下げた。

こうして私たちと陰陽局は、この事件で協力関係を結ぶことになる。

翌日、茨木真紀に完全変化し、私の家から登校した由理は、下校中に消息を絶った。

狩人に拉致《らち》されたのだが、それはこちらの目論見《もくろみ》通りである。

《裏》スイ、千年前の仇に会う。

ここは薄暗い、倉庫の中。自由と意思を奪われた、あやかしたちの檻《おり》。

「へえ、スイ君は薬屋をしているの？　ミカ君と一緒に住んでるの？　いいな、いいな〜」

「木羅々《きらら》ちゃんも俺のところに来なよ。浅草はあやかしにとって住みやすいところだよ」

「この藤の木も一緒なのよ？　いいの？」

「まー、そこは馨君が何とかしてくれるでしょ。お得意の狭間結界でさあ」

「馨？」

「酒呑童子《しゅてんどうじ》様の生まれ変わりの男の子だ。今もしつこく茨姫と一緒にいるんだ〜」

「それは素敵！　とっても素敵！　二人は一緒でなくてはならないのよ」

「ウンウン、そうだね〜」

俺はおしゃべりな木羅々ちゃんと一緒にいた。

閉じ込められていても、明るく華やかな彼女と一緒なら、寂しくはないし、退屈もしない。

そんな時だ。重く施錠された扉が開かれるような音がした。

「………」

だけど俺は木羅々ちゃんの元を離れることはなく、カッカッとハイヒールを鳴らしてこちらに向かってくる者を、横目で睨《にら》んでいた。

忘れるわけもない。

この、むせ返るほどの色香と、毒を含んだ甘く芳《かぐわ》しい霊力を。

「お久しぶりですねえ、水連」

長かった髪は肩より短く切りそろえており、なぜか秘書風スーツ姿だが、あの頃と何も変わらない妖艶《ようえん》な美貌《びぼう》を持つ白狐だ。

ああ、知っているとも。かつての仇。裏切り者だ。

「やはり、あなたが一枚嚙《か》んでいたか、ミクズさん」

憎悪をできるだけ漏らさないようにして笑って見せた。しかし、

「おほほ。目が全然笑ってなくてよ」

女狐にはすぐにバレる。嫌な話だけど、俺と似たタイプのあやかしだからなあ。

俺の後ろで木羅々ちゃんが小さく震えていた。

かつて、この女の火に、本体である藤の木を燃やされたからだ。その熱を、痛みを、憎悪を今でも忘れられないのだろう。

「やっぱりその子、死んでなかったのですねえ。木の精ってしぶとくて嫌い」

「それをお前が言うのね、ミクズ」

木羅々ちゃんはキツく彼女を睨み、背後にある藤の木が、ざわざわと蠢《うごめ》く。

「木羅々ちゃん、落ち着いて。今ここでやりあっても、俺たちには分が悪い」

今、俺たちは霊力を封じられていて、まともに術も使えない。俺は暴走しかける木羅々ちゃんをなだめ、緊迫した一幕の中、考えた。

今、ここで何をすることが、あの方たちにとっての最善かを。

真紀ちゃんを守ることに繋がるのかと。

「ねえ、水連……あの小娘のことなんて考えていないで、妾を見て下さいな」

ミクズはそんな俺の顎《あご》に手を添え、自らの獣の瞳《ひとみ》と視線が合うように、ぐいと引き寄せた。鋭い爪が喉《のど》をとらえている。

彼女の瞳を見つめていると、大きな口腔《こうこう》に飲み込まれていくかのようだ。

心に入り込む隙を作らないように、俺は昨日、自分が真紀ちゃんに話したことを思い出したりしていた。

「これでも妾は、あなたにだけは一目置いているのですよ、水連。あなたは妾と同類。汚らわしい人の血など混ざっていない、純粋な闇の化身ですもの」

ミクズの赤い唇が弧を描く。

この女狐が言いたいことを、俺はすぐに理解していた。

「確かに、俺はあなたとの共通点が多いかもしれないね。長い間、人間の世をかき乱し、人間を欺き、人間を苦しめてきた。そうして大陸を追われて、日本にたどり着いたってところまで」

それは他の眷属《けんぞく》たちには無い特徴で、俺とミクズにだけ共通するもの。

邪《よこしま》な心を当然のように持ち続け、それこそがあやかしの真髄であるとばかりに、人を苦しめ、殺《あや》めてきた。

「だが、いまだに悪逆の限りを尽くすあなたと、今や細々と人間やあやかしのために薬を作る俺とじゃあ比べ物にならないだろう。あなたには敵《かな》わないよ、ミクズさん」

俺は茨姫の存在に救われ、心を改めたのだ。

だがミクズは言う。

「そんなものは偽りの姿です。茨姫によって支配され、作られた幻想。あなたはもっと自由になれる。本来のあるべき姿に戻るべきなのですよ」

そして懐から、何かの小瓶を取り出す。

それは、あやかしの力を封じる〝神便鬼毒酒〟だった。

「これがある限り、あなた方はどのみち、千年前と同じ道を辿《たど》ります。ゆえに、あなたとは取引にきたのですよ、水連」

「取引？」

ミクズは一度目を閉じ、そして薄く開く。

「あなた、茨木童子への忠誠など忘れて、妾の元へ来なさい」

「……は？」

「妾の眷属にしてあげる、と言っているのですよ」

俺は目をすがめ、この女狐の思惑に考えを至らせた。

なぜ、俺？　何かの目的のために、俺の力が必要なのか？

「さっき取引と言ったね。俺があなたの元へ行くとして、それであなたは俺に何を？」

「血の沸き立つような、悪の宴《うたげ》を」

「ははっ。いらないよ、そんな下らないもの。俺はもう、それよりずっと大事な、居心地の良い場所を知ってしまったからね」

「あらまあ憎らしい。あやかしの風上にも置けない」

「時代遅れなのはあなただ、ミクズ。あやかしはかつての姿とは大きく異なる。人と共に暮らし、調和を重んじ始めている。あの方を礎に、人とあやかしが長年かけて作り出した平穏を、あなたが崩そうとしているのなら俺は許さない」

「あの方、ねえ」

顔を上げ、長いため息をつき、彼女は悪意を秘めた瞳で、再び俺を見下ろす。

「ならばあなたの愛《いと》おしい〝あの方〟を、いっそ殺してしまいましょう」

「…………」

何を言えば俺が動揺するか分かっている。重苦しい霊気に屈してはならない。

「できっこない。あなたじゃ敵わない」

「そうでしょうか？　果たして？　本当に？」

駆け引きじみた視線、思惑が交錯する。

「それでもきっと、あの娘は自滅します。自らが積み上げた、大魔縁《だいまえん》茨木童子の業のために」

「何？」

「うふふ。あなただって知らない訳ではないでしょう？　あの娘の存在があやかし界の盤上の駒を大きく動かす。動き出す者たちがいる。なぜなら、大魔縁茨木童子を恨んでいる大妖怪《ようかい》は、たくさんいるから」

「…………」

「まあよい。夜と悪と、憎悪と欲望が蠢く宴は、間も無く開かれます。言っておきますけれど、これは、千年前から始まっている、終わりなき宴ですよ」

ミクズは千年前のように、今回も人間の手を借りあやかしを苦しめる。

いったい、何がしたいんだ。

「さあて、取引内容はこうです。あなたが妾の元に来れば、妾は今後一切、茨木真紀に手出しはしないと約束しましょう。この毒酒もくれてやります。むしろ、あなたは妾の元にいた方が、あの娘を守る手を打ちやすいのでは？」

ミクズはニヤリと、その目を細める。

古い時代に名を残した大妖怪らしい、深く淀《よど》みを帯びたこの女の霊力が、俺に絡みつく。

女狐め。俺を試してやがる。

「……その取引、少し保留にしてくれるかい？」

「あら。一応考えてくださるのですね。うふふ、嬉《うれ》しい」

くすくすと、無垢《むく》な少女みたいに笑うミクズ。

若作りのくせにぶりやがって、なんて思っているのは顔に出さない。

「ですが時間はありませんよ、水連。オークションが始まり、愛おしい〝あの方〟が乗り込んでくることがあれば、悲劇は再び繰り返されます」

ミクズは袖《そで》で口元を隠しながらも、艶《つや》っぽい舌舐《したな》めずりをして、流し目で俺を捉《とら》えつつその場を去った。

二つの尾を揺らし、無数の管狐火《くだきつねび》を従えながら。

第二話　横浜中華街〝月華楼〟

　おもちを抱っこして悶々《もんもん》としながら、熊虎姉弟《くまとらきょうだい》宅のマッサージ機に座っている私。

　肩と背中と腰をグリグリ揉《も》まれながらも、攫《さら》われたスイや組長、そして由理《ゆり》を思う。

　攫われた時点で無事じゃないけど、お腹を空《す》かせていたり、痛い目に遭っていたらどうしようと思って、ここ数日気持ちが晴れることはない。

「奥方様、ずーっと神経質な顔して虚空を見つめておる。まるでお頭みたいじゃ」

「マッサージ機に座っているのがミソですね」

　虎ちゃんと熊ちゃんは、私が作ったキャベツともやしと豚肉たっぷりの大盛り焼うどんを食べながら。

「そう心配せんでも大丈夫じゃ奥方様。スイはそこら辺の悪党に負けるようなあやかしじゃないし、鵺《ぬえ》様に至っては、あれほどの化けの天才をわしは知らぬ」

「そうですよ奥方様。皆を助け出すには、計画も協力も必要。奥方様のことですから、本当はここを飛び出して助けに行きたいのでしょうが、今は堪《こら》えてじっと待つ時です」

「分かってるわよ。だからここで大人しくしてるんじゃない。攫われた私が自分の家に居たらおかしいからね。あ、でも何も考えてない訳じゃないのよ。これでも脳内シミュレーションしてるの。私の大事な人たちを攫った敵を、どう蹴散《けち》らしてやろうかって。逃がすつもりはないのよ」

「流石じゃあ奥方様」

「そのセリフ、いただきます」

虎ちゃんと熊ちゃんは酒呑童子《しゅてんどうじ》直属の四大幹部に名を連ね、狭間《はざま》の国《くに》の将軍でもあった。

それでいて私のこともよく分かってくれている、千年前の大江山《おおえやま》の仲間だ。

今は二人組の漫画家をしていて、私や馨《かおる》をモデルにして妖怪のお話を書いている。

私もここでお世話になっている間に、彼らの漫画を全部読んじゃったんだけど、凄《すご》く面白くてスカッとするし、時々泣けるの。あと酒呑童子がイケメン。

私はここで二人と一緒に過ごしながら、お仕事の邪魔をしないようご飯を用意したり、溜《た》まったお茶碗《ちゃわん》を洗ったり、掃除をしたりしている。

虎ちゃんと熊ちゃんのお家は狭間結界で拡張されており、実際のお部屋面積よりずっと広いスペースがあって、お掃除が大変。虎ちゃんの趣味の楽器部屋があったり、熊ちゃんの趣味のお人形部屋があったりするからね。

馨もこうやって部屋を拡張すればいいのに。

いや、私が知らないだけで、もうやってるのかも？

将来浅草《あさくさ》にマンションでも買ったら、部屋を狭間で増やすくらいのことはしてもらおうかしらね～……

「奥方様は、しばらく学校を休まなきゃならんから、それが大変じゃなあ」

虎ちゃんが私の膝《ひざ》にいたおもちを抱き上げ、高い高いしてあげている。昔から、小さな子どもの相手が得意な虎ちゃん。

私はやはり、マッサージ機に座って偉そうなポーズで、

「その分の勉強は馨に教えてもらうわ。ありがたいことにもうすぐ春休みだし」

熊ちゃんもいそいそとやってきて、おもちのほっぺをツンツンしながら、

「救出作戦には、我々も馳《は》せ参じますよ、奥方様」

「ダメよ、熊ちゃんたちは漫画のお仕事があるでしょう？　締め切りいつも大変だって言ってるじゃない」

「その前に仕上げるつもりじゃよ、奥方様。かつての仲間が攫われたってのに、助けに駆けつけられないんじゃあ、そもそも漫画を描いている意味もない。それに闇オークションとか海賊とか、普通に漫画のネタになるんじゃ。なあ、あね様」

「そうです。仲間を助け、敵を虫のように潰《つぶ》しつつ取材です。友情、努力、勝利、です」

「なるほど。頼もしい限りだわ」

この二人が想像している海賊と違うらしいんだけど……

しかしいざという時、この二人の力を借りられるのは心強い。酒呑童子の右腕と左腕だっただけあり、本当に強いからなあ。

「真紀《まき》、いるか？」

「あ、馨おかえり！」

「下に、陰陽局《おんみょうきょく》の車が来てる。お前も来い」

「何か、動きがあったの？」

「ああ。重要な情報を得たって。あと、由理経由でわかったこともある」

帰ってきた馨は真剣な表情だった。学校にいる間も、ずっと由理経由で得る情報を処理し続け、それを青桐《あおぎり》さんに送っていたらしい。

馨の眉間《みけん》のシワが一層深く刻まれてたので、とりあえず車の中でその真ん中を指で押して、ぐるぐる回した。

陰陽局東京本部の会議室には、凜音《りんね》もいた。もちろん青桐さんや津場木《つばき》茜《あかね》など、陰陽局の面々も。

青桐さんは由理拉致《らち》の経緯について、このように説明した。

「夜鳥《やとり》君は昨日、上野《うえの》駅近くで拉致され、東京湾にて船に乗せられたようです。現在、太《たい》平洋《へいよう》上にある東京都特別区小笠原《おがさわら》諸島の近海に確認できます」

「へ？　海の上⁇」

　モニター上の地図には、由理の位置を示す赤い点が、確かに本土からは遠く離れた海の上にある。

「由理、船酔いしてなきゃいいけど」

「今はもう船の上じゃない。由理はやはり狭間に入った。その形状は〝島〟だ」

　馨は淡々と説明した。

「島形の狭間を作るなんて、敵も凄いことを考えるわね」

「どこぞの小島をコピーして作ったんだろう。できないことじゃない。しかし確かに力のあるものの仕業だ。敵にも狭間を、それも高難易度のものを構築できるあやかし仲間がいるということだ」

　モニターの画面が切り替わり、大まかな島の地図と、表面にある建造物の位置情報が示される。馨が送った情報をもとに、陰陽局の方で画像として処理したものらしいが、これについては馨が自ら説明する。

「由理を中軸に、俺の神通の眼で少し探って、狭間の規模と、建造物の位置を割り出してみた。島の中央に巨大な建造物があり、西の沿岸部に無数の倉庫が並んでいる。本当にただそれだけの、小さな島だ」

「お前の目グーグルアースかよ」

津場木茜がドン引きしている。馨の力が無駄に万能なものだから。

「由理があっちにいてこそ、だな。それと敵の本拠地が狭間結界だったのも、俺の神通の眼と相性が良くて助かった」

青桐さんはモニターに映ったその図面を拡大し、話を続けた。

「その島は、通称〝宝島《たからじま》〟と呼ばれているようです。厳重な倉庫に、日本のあやかし以外にも世界各国の人外生物、幻獣、魔物などが、種類分けされて捕われています。天酒《あまさけ》君の言う、西の沿岸部にある倉庫群がおそらくそうですね。この中であやかしたちは呪香《じゅこう》を焚《た》かれて、無気力な人形のようになっているようです」

「そっちは由理が得た情報？」

「ええ。流石は言霊の使い手と言いますか。敵から上手《うま》く情報を聞き出してくれたみたいです。茨木《いばらき》さんに扮《ふん》した夜鳥君自体は人間と思われており、手を拘束されて独房に閉じ込められているとのことです。見張りの狩人《かりゅうど》が定期的に食事を運んで来るそうで」

なるほど。由理ってば向こう側で上手くやっているのね。

彼に問いかけられたら、答えずにはいられない。そんな言霊の力を利用して、情報を聞き出しているのだろう。

知った情報を馨に伝える術《すべ》も、彼は持っている。馨が最初から、由理の位置情報を把握していて、常に繋《つな》がっていることが前提条件ではあるけれど。

再びモニターが切り替わる。

今度はなぜか、どこぞの港の画像。

「これは、横浜港《よこはま》か？」

馨の問いに、青桐さんは「ええ」と頷《うなず》いた。

「ここからは、夜鳥君の情報をもとにこちらが独自に調べて分かったことですが、オークションに参加するにはいくつかの港から出航するクルーズ船に乗る必要があるようです。日本なら横浜港から。おそらくその船に乗って、この島まで行くのでしょう。我々もそこから潜入しようかと思っています」

「そのクルーズ船にはどうやって乗るんだ？　俺たちがそこへ行っても、招待状なんかが無ければ追い返されそうだが。正体がバレたら、最悪殺されるかもしれないぞ」

「天酒君の疑問はごもっともです。まずは陰陽局横浜中華街支部の退魔師をご紹介します」

そして青桐さんは、隣に座っていた男性に目配せする。

実は、さっきからちょっと気になってた。

青桐さんの隣に座っていて、常にニコニコ笑顔で、黒髪を一本に結っている男。黄色のネクタイをつけた黒スーツにサスペンダー。異様な存在感があったからね。

その男は両手を合わせ、

「初めまして、こんにちは。ただいま青ちゃんにご紹介いただきました通り、ワタシは横浜中華街支部所属の道士・黄炎《こうえん》と申す者です。酒呑童子と茨木童子大好き。中国でも人気のアプリゲームで知ったんだョ〜。最強キャラだョ」

「は、はあ。どうも」

流暢《りゆうちよう》ながら多少訛《なま》りのある日本語で、礼儀正しく挨拶《あいさつ》をする。

道士って、中国の呪術師ってところかしら。

「あの、なぜ中国の道士が陰陽局に？」

「んー。先代が香港《ホンコン》マフィアと色々やらかして一族ごと日本に逃げてきたとかで、私も実は日本生まれ日本育ち。道士界隈《かいわい》ではキョンシー大暴走事件というんだけどネ〜」

「キョンシー大暴走事件⁉」

強烈なパワーワードに、ぎょっとする私たち。と言うかなぜ、日本生まれ日本育ちなのに、妙な訛りがあるのだろうか？

黄炎さんはそこらへん気にするなと言わんばかりに、話を続けた。

「そう言う訳で、我が家にはそっち系との繋がりもある訳だョ。今回得た情報を元にこのオークションに参加する中華系マフィアを洗ったところ、うちがキョンシーを貸し出しているトコもあったり無かったり。運よく紹介チケット制だったので、そこと取引をして、チケットをいただき潜入できそうと言う訳デス」

「キョンシーを貸し出してる？　中華系マフィア？」

「紹介チケット制⁇」

もう訳がわからない。裏社会めいた単語たち。

ニコニコ笑顔の黄炎さんは、口元に指を添えて、わずかにその目を開く。

「この手の闇オークションの招待状には紹介チケットが付属してる場合があるんだよ。闇の住人はその紹介チケットをばら撒《ま》き、コネクションを利用して情報戦と駆け引きに興じ、オークションの本番を迎えるんだヨ〜」

ポンポンと出てくる情報をこちらが噛《か》み砕く前に、また危険な香りのする情報が。

なんだか映画の世界の話みたい。とんでもないことになってきたぞ。

「おいおい。陰陽局がチャイニーズマフィアと手を組んでいいのかよ。一応、政府御用達なんじゃないのか？」

「政府御用達とはいえ政府直属ではないのが、陰陽局の強みなんですよ。闇を知るには、そちら側と手を組むこともしばしばあります。相手は遠い海からやってきた海賊ですから」

馨の疑問に、青桐さんが答える。黄炎さんといい、青桐さんといい、なんか正義の味方の陰陽局サイドがやたら黒く見える。

目が疲れているのかしら。ゴシゴシ。

「少しいいか」

後ろの壁に背をつけ立っていた凛音が、静かに挙手した。

「そういうことなら、俺は別のルートからオークションに参加する。その方がリスクを分散できて、やりやすいだろう」

「確かに、一箇所に固まっているより、別で潜入できるのならそれに越したことはありません。失礼ですが、凛音さんはどういったルートから入る算段で？」

「今回のオークションに参加する吸血鬼の知り合いがいる。19世紀のロンドンで知り合った方で、今でも狩人について情報交換をする仲だ」

「ほお。吸血鬼の……」

何かピンとくるものがあるのか、青桐さんは了解ですとだけ。それ以上は詮索《せんさく》しなかった。

「えっ、リンってロンドンに居た時期があるの？　初耳だわ」

私はワンテンポ遅れて、そこに食いつく。

「格好や佇《たたず》まいが、なぜか西洋化してるなとは思ってたんだが、そういうことか」

馨も勝手に納得。

19世紀ということは、茨姫《いばらひめ》の死後ということだろうか。

私が居ない空白の時間に、眷属《けんぞく》たちはそれぞれの時を歩み、私の知らない事件や、出会いがあったりする。

水連《すいれん》は浅草に留《とど》まったけれど、凛音は異国を知ろうと海を渡ったということだ。

茨姫の元眷属であっても、まだまだ、私が知らないことは多い。

「では、詳しい流れは改めて。凛音さんのおかげで、作戦の幅も広がりそうです」

このような形で、我々は例のオークション潜入の段取りをつけ、青桐さんの提案した計画を聞いた。


〈あやかし奪還作戦～悪いヤツみんなぶっ倒す～〉
・横浜でオークション会場に向かう船に潜入（私、馨、青桐、ルー、津場木茜、黄炎）。
・島に上陸後、オークションに参加。タイミングを見て場を混乱させる。
★宝島の所有権を馨が乗っ取る（最優先）。
・各々、臨機応変に敵をぶっ倒せ。↑ここ私の頑張りどころ

やる気に満ちた私のメモはこんな感じ。

その場その場で計画は変わってくるものだが、何より大事なのは、オークション会場を混乱させ、それに乗じて馨が〝宝島〟の所有権を乗っ取ること。

狭間《はざま》結界で作られた空間は、所有者が許可した者だけが入ることを許される。今回の場合は、専用のクルーズ船に乗ってきた者だけ、と言うことだ。

馨が狭間の所有権を得ることができれば、外で待機している陰陽局の特殊部隊を招き入れ、捕われているあやかしたちの大規模奪還作戦を遂行できる。

要するに、我々は変装して敵陣に潜入し、悪の根城の城門を開ける役目、と言うわけだ。

馨が狭間の所有権を乗っ取ることができるかどうかが肝心なので、その他のメンバーは、作戦を邪魔しようとするヤツらを食い止め、馨を守る役目となる。

もし敵にミクズがいるのなら、あの女と対峙《たいじ》するのは、私でなければならない。

この時の私は、そう考えていた。


運命の金曜日。その日、馨は学校を休んだ。

私は馨の部屋で朝ごはんを食べ、休んでいた間の授業内容を教わっていた。

だけど、お互いにイマイチ集中できない。

「私と馨と由理までいないとなると、クラスで変な噂とか立ちそうよねえ。新聞部が捏造《ねつぞう》記事を作るかも」

「それなんだが、叶《かのう》先生の式神が、俺たちに化けて代わりに授業を受けてくれるらしい」

「そういや、修学旅行の時もそうだったわね。日常面はいつもフォローしてくれるのよね、あの先生」

しかし大きな事件に絡もうとはしない。

今回も、あの先生は式神の由理を貸し出しただけで、これといって協力するつもりはないみたい。高みの見物ってヤツだ。

おもちは今日からお隣の風太《ふうた》のところに預けられることになる。

そんなことはつゆ知らず、のんきに丸ボーロを齧《かじ》っている。


「茨姫様！」

ベランダに一羽のカラスが舞い降りた。

八咫烏《やたがらす》のミカだ。

「どうしたの、ミカ」

「今朝スイのアトリエを掃除していて、これを見つけたんです！」

ミカの足には、小さな風呂敷《ふろしき》の包みが。とりあえず部屋に戻って開けてみる。

包まれていたのは小さな木箱で、その中には赤と黒の小瓶が綺麗《きれい》に並べられていた。ついでに折りたたんだメモもある。

「これ、薬？」

「ええ。野菜の妖精《ようせい》たちは、スイに何かあった場合これをあなた方に届けるよう言いつけられていたみたいで……それを僕に訴えてきて」

自分に何かあった時のことを想定しているのがスイらしい。

だけど、これは一体何の薬だろう。私はそのメモを開き、読み進めるうちにじわじわと目を見開く。

拝啓。真紀ちゃんと、ついでに馨君
君たちがこれを見つけたってことは、俺に何かあったんだろうと思う。

そこで、多分君たちは俺を助けようとか、何とかしようとかするよね。

俺が止めたってそうするだろう。

そう言う訳で使えるかどうかわからないけど、特別デンジャラスな強制変化薬を君たちにあげちゃうよ〜。

黒い小瓶。酒呑童子に化けられる薬。材料は酒呑童子の爪。

赤い小瓶。茨木童子に化けられる薬。材料は茨木童子の髪。

【注意事項】

効果はきっかり二時間。君たち以外には効果なし。

使用する場合は、逆に変化を解きたい場面もあるかもしれないから、甘露よもぎの煮汁も携帯しておくこと。ミカ君が作れるはずだよ〜。


「え……」

ちょっと待って。なに、これ？

隣で同じ文面を読んでいた馨も、これにはびっくり。

「すげえな、あいつ。こんなもんいつの間に用意してたんだよ。つーか、何で千年も昔の俺たちの髪とか持ってんだよ。変態だとは思っていたが、とんでもねえ変態だな」

そして馨は「まあでも、天才だな」と付け加えた。

「今までも色んなあやかしの一部を素材にして薬作ってたんでしょうから、スイからすれば大したことじゃないのよ。それに、いつか何かに使えるかもって、ずっと持ってたに違いないわ。これ、凄《すご》いわよ」

私たち、これがあれば二時間限り、酒呑童子と茨木童子の姿に戻れる。

それがたとえ、姿だけであっても、使い方によってその効果はとても大きい。

きっとそれは、驚きと、興奮と、恐怖と混乱を生むに違いないから。

「貰《もら》っておきましょう。貴重なものだわ」

少なくとも、スイはこれが必要になる時があると考え、用意していたのだろう。

素材となったものは、形見だったのかもしれない。そう思うと、長年のスイの葛藤《かっとう》や苦しみが垣間《かいま》見え、胸が痛くなる。どんな思いでこの薬を作ったのか……

長い時間、考えて。長い先を、見越して。

いつかのその時のために、用意している。

かつての過ちを、繰り返さないための、何か。

これはきっと、その一つだ。今回の奪還作戦において、この〝秘密兵器〟を生かす機会はありそうだと、私はそれを胸に握りしめた。


横浜中華街。そこは日本最大の中華街である。

人通りの少ない玄武門《げんぶ》の前で車を降り、中華街へ入ると、徐々に賑《にぎ》わいが出て来て観光客に紛れて進んだ。

赤い提灯《ちょうちん》や、極彩色の看板など、軒を連ねるお店には華やかな〝中華〟を感じて妙な胸の高鳴りを覚える。美味《お》しそうな匂いもしてくるしね〜。

しかし急いでいるので、何も食べられずに横目で見て立ち去るだけ。

「フカヒレまんに胡麻《ご ま》団子に焼き小籠包《ショウロンポウ》、エッグタルトにマンゴーアイス、あああ、美味しそう。こんな時に申し訳ないと思うけど、食欲には逆らえないのよ」

「落ち着いた頃に、また来ればいいだろう。その時は食いたいもん全部奢《おご》ってやるから」

「ほんと⁉　馨ってば太っ腹！」

「……春休みのバイト増やそう。そうしよう」

馨のバイト代がまた私の胃袋に消えそう……

さて。陰陽局横浜中華街支部は、今まで行った陰陽局の中で、ひときわ異質だった。

今までの陰陽局はどこもオフィスビルで、その存在は退魔師なら知っていたが、横浜中華街支部の存在は非公表であり、非常に見つかりにくい場所にあるのだ。

建物と建物の隙間と言っていいような細い路地裏に入ると、一気に雰囲気が怪しくなる。

突き当たりに古い占いの館《やかた》があり、どうやらここに入るようで。

「もしかして、ここが横浜中華街支部なの？」

「まあ入り口ってところだネ。うちの母が経営している占い屋。今日はお休み」

聞いた話では、知る人ぞ知る有名な風水占術の館だとか。

黄炎さんは館に入り、どんどん奥へと進む。私たちも列を作ってそれについて行く。

古いコンクリートの階段を上り、開けた屋上から隣の建物の屋根に飛び移る。

どうやら表に入り口がなく、あの占いの館を経由しなければ、こちら側の建物には渡れない仕組みのようだ。

屋上から、少し離れた場所にある煌《きら》びやかなお廟《びょう》の屋根が見えた。

あれは横浜関帝廟《かんていびょう》というらしい。三国志の英雄、関羽《かんう》を祀《まつ》っていて、横浜中華街支部の退魔師たちも任務の度に参拝し、心の拠《よ》り所にしているとか。

「横浜中華街支部は、主にアジア系の異国の退魔師を集めた情報収集所なんだョ。外国で色々やらかした連中も多いから、表向きは陰陽局に名を連ねてない。でも、そういう奴らに限って、いい情報持ってたりするから、陰陽局は手厚く囲ってくれるんだ〜。うちも本来の稼業は暗殺だしネ」

「確かに、あなたの霊力の感じは……うん。退魔師よりは殺し屋の方がしっくりくるかも」

「アイヤー、天下の茨木童子様にはバレますか」

なんて黄炎さんと話をしていると、突然明るい場所に出た。

そこは四角くくり抜かれたような中庭で、中心に小さな祠《ほこら》があり、異国の神獣が祀られている。また回廊には、昼間なのにぼんやりと灯《とも》の点った赤提灯が、点々とぶら下がっていた。

日本の和の雰囲気とは、また違う東洋の香り。回廊を進むと、ひそひそ、ザワザワと人の声が聞こえ始める。

さらに奥には、中華料理店があるようで驚いた。いい匂いがしてくる。

「ようこそ、陰陽局横浜中華街支部〝月華棲《げつかせい》〟へ」

出入り口で、袖《そで》を合わせて頭を下げる、お団子頭の単調な口調の少女。

彼女に案内されて中華料理店の中へ。

店の中には訳ありそうなアジア系の退魔師がちらほら。さりげなく私たちに視線を向けているが、特に声をかけてくるわけでもない。

垂れ幕の奥に案内されると、そこには美味しそうな中華料理の並ぶ円卓があった。

「昼食を用意したヨ。夜まで時間もあるから、子どもたちは少し食べておいて」

そう言って、黄炎さんと青桐さんとルーだけは更に奥に行ってしまい、私と馨と津場木茜だけがここに残された。

「お昼ごはん！　もうお腹ペコペコ！」

「おい真紀、待て。もうちょっと用心しろ！」

「心配しなくても、毒なんて入ってねーよ。怪しさに溢《あふ》れてはいるが、一応陰陽局だ。むしろ今後の食事の方が心配だ。ここで食っとかねえと、体が保《も》たねえぞ」

馨は神経質だが、津場木茜はそう言って先に食事を始めた。

その様子を見て、私たちも椅子に座って少しずつ食べ始める。

エビチリ、五目炒飯《チャーハン》に春巻き、鳥の丸焼きみたいなの、謎の炒《いた》めもの、謎のスープ。フカヒレの姿煮はかろうじて分かる。テレビで見たことある。

「ねえ、この炒めもの何？」

「鮑《あわび》だよ。鮑の野菜炒め」

「おい。これもしかして北京《ペキン》ダックか？　食べ方とか分からないぞ」

「あーもう！　これでこうして巻くんだよ！」

中華の高級料理にやたら詳しい津場木茜に指南してもらいながら、北京ダックを食べてみる私たち。小麦粉の皮で、アヒルの丸焼きの削《そ》ぎ落としたお肉や皮、きゅうりやネギの細切りを、特製の味噌《みそ》と一緒に巻いて食べる。

パリッと香ばしい北京ダックの皮が、とんでもなく美味しい。この甘辛い味噌がよく合うし、みずみずしい野菜を小麦粉の皮で一緒に包み込んで食べるので、こってりしすぎずシャキシャキ感も楽しめる。

他の中華もどれも本格的で美味しくて、さすがは中華街に来ただけある。

一方で、今捕えられている人たちがお腹をすかせているんじゃないかと、不安になったりもする。美味しいものを与えられている気はしないもの。

いや。今の私にできることは食べて力を蓄えることだ。みんなを助けるために。

「なあ津場木茜。お前ここには来たことあるのか?」

「あるに決まってるだろ。黄一族は表向き陰陽局の一員であることを隠し、裏社会の存在に徹しているが、だからこそ敵の懐に入るのが上手いし、集める情報は信ぴょう性が高い」

そして津場木茜は、そういえばというような顔をした。

「青桐さんと黄炎さんは、陰陽学院の同期らしい。今回、積極的に協力してもらえたのは、青桐さんが依頼したからってのもあるだろうな」

「陰陽学院って?」

「京都にある退魔師の育成機関だよ。知らないのか？」

　こっくり、と頷《うなず》く私と馨。津場木茜はため息をつきつつも、

「今言ったように、陰陽学院とは、陰陽局が運営する退魔師育成機関だ。五年制で全寮制。普通は高校生になる時にそっちに行くんだが、一般高校行って四年次編入する者もいる」

「ふうん。あんたはそっちには行かなかったのね」

「まあ、陰陽局の仕事をしながらでも融通が利く分、一般の高校に通うより楽だけど……退魔師の家柄だと、一年から三年で学ぶことなんて基礎中の基礎すぎて退屈だからな。あ、でも高校卒業したら四年次編入するつもりだ」

「ほお。ならお前、そのうち京都に行くのか」

「仕方がねーだろ。そこにしか学校ねーし、陰陽局の退魔師になるなら通っておいて損はないからな。今回の青桐さんのように、豊富な人脈が事件解決の力になったりする。まあ俺が人脈とか作れたらの話だけど……」

　最後だけなぜか、ごにょごにょと。ちょっと自信なげな津場木茜。

「それに津場木家の跡取りは代々陰陽学院を出ている。俺もそうする」

「ふうん。あんたも一応、将来のこととか真剣に考えているのねえ。偉いわね」

「当たり前だぞ。自分の将来のことは自分で考えねーと。つーかお前たちはどうすんだよ。高校卒業したら……まさか速攻で結婚するのか？」

「ゲホゲホッ！　そ、そんな訳ねーだろ！　俺は普通に、都内の大学を受けるつもりだ。理工学部の建築科ってところだ」

津場木茜の思いがけない天然ボケに動揺しつつも、馨は真面目に答える。

「ふふん。馨はこれでもかなり成績がいいのよ」

「なんでお前が自慢げなんだよ茨木。まあ、あの訳のわからん狭間《はざま》結界術のスキルを見ていれば、そうだよなって感じだ。意外でもなんでもねえ」

馨の技術を素直に認める津場木茜。

しかし私がまた北京ダックに手を伸ばしていたら、

「だが茨木、お前はアレだろ。学校の成績はあまり良くない方だろ」

ギクリ。奴の指摘に、手が止まる私。

馨は隣でしらっとしていて、フォローもしてくれない。

「な、何言ってんのよ。ああ、あんたうちの高校の偏差値知ってんの？　一応そこそこの進学校なんだけど」

「どうせそこの天酒や、あの鵺《ぬえ》と同じ高校に行きたいからって死に物狂いで頑張ったんだろう。でも高校ではいまいちついていけない、と見た」

ギクギクッ。何こいつ、エスパー？

津場木茜はジト目でこっちを見て、春巻きを齧《かじ》りつつ、

「だいたいお前みたいなパワー型は、脳筋って相場が決まってんだよ。いつも感覚で霊力使ってる感じだったし、術らしい術も使ってねーし」

「おいお前、これ以上真紀をバカにするな。真紀は……その通りなんだ」

「ちょっと馨！　フォローが雑！」

そりゃ確かに、私は博識ってわけじゃないし、学校の成績も由理や馨には遠く及ばないし、術らしい術を使うことはない。

使える術だってあるけど、結局どれも馨や由理の正確な術には劣るから、使う必要が無かったのだ。

まあ使えるって言っても、見よう見まねでやってみたらできた、みたいなものばかりで、その仕組みなんてほとんど理解していない。

感覚で霊力使ってるって言われちゃったけど、実際にその通りなのよね。

やってたら、なんかできた。みたいな。それを繰り返して体が覚えているというか。

「ま、それはそれで才能なんだけどな。いわゆる天才肌ってやつだ。だからこそ惜しいっつーか……そういうやつほど、術の仕組みを理解してちゃんと覚えれば、すげー奴になったりするのにな」

素で言ってるのか、何なのか。

私と馨は顔を見合わせる。こいつ最近、丸くなったなあ、みたいな。

「すみません、遅くなりました」

やっと戻ってきた青桐さん。

「お腹いっぱい食べましたか？　では早速、着替えてください」

「え？　着替え？」

私はルーに連れられて別室へ。

馨と津場木茜も、青桐さんに連れられて、どこかへ行ってしまったのだった。


別室にて、私はなぜかキョンシー用の衣装を着せられていた。

「ねえ、なんでルーはパーティードレスなのに、私はチャイナドレスなの？」

「それはマキが黄家のキョンシーとして船に乗り込むからだ。茨木真紀の素性がしれている以上、仕方がない」

そりゃまあ確かに。チャイナドレスも可愛いからいいんだけどね。

「ねえ、ルー。キョンシーって中国版のゾンビってイメージなんだけど、黄家はキョンシーを作れるの？」

「マキも会っているぞ。先ほど月華楼の入り口で会った少女だ」

「えっ！　あの子キョンシーだったの？　全然気がつかなかった」

「確か黄家の先代当主の、幼くして亡くした娘だとか。黄家がキョンシーを作るのは一族の死体だけ。見た目は人とそう変わらない。死体の臭いがしない、精巧なものだ」

確かに、私が気づかなかったくらいだしね。

「死体には魂が宿るの？」

「いいや。口調や生前のクセのようなものは見られるらしいが、中に宿るのは、一族の掟《おきて》に従い残した記憶と、強い思念のみ。本人の魂ではないらしい」

記憶と、思念……か。

「かつては額に札を貼り、遺体の腐敗を防ぐための術を施していたらしいが、最近は頭を開いて脳に直接術をかけるとか。ゆえに頭を破壊されない限り、キョンシーは死を恐れない戦士となる」

「へ、へえ。結構グロいのね」

「とはいえ、今回は都合よく顔を隠せるので、マキや他のキョンシーの額には、昔ながらのこの札を貼るようだ」

ルーは木箱の蓋《ふた》を開け、大きなお札を見せてくれた。八卦《はっけ》が描かれ、道術の施されたお札が、そこに収まっている。

遺体の腐敗を防ぐための術、か。

そういえば、その手の術を、スイも使えたな……

「さあマキ。できたぞ」

私はいつの間にか、光沢のある赤地にチャイナボタンが可愛い、スリットの入ったチャイナドレスを着せられていた。主張の強い赤い口紅をひくと、一層幼さが消える。

しかも目立つ赤毛は結い上げ、黒髪のウィッグで隠している。

ああ、憧《あこが》れの黒髪ロングストレート……っ。

「せっかくの美貌《びぼう》も、どうせ後から顔にキョンシー用のお札を貼るし、隠れてしまうのが勿体《もったい》無いわね。あと……胸元きつい」

「チャイナドレスは首までピッタリ体のラインに沿っているからな。それにマキの胸はよく育ってる」

「寝て食べて寝て食べてれば、こうなるのよ。私はもう少し身軽になりたいんだけど、馨はこっちの方がいいみたい」

「カオルは真っ当な男子だな……」

「そうなのよ〜。馨って正統派なの。そういえば青桐さんとはどう？　進展した⁉」

「あ、あ、アオギリとは……いや、その」

いきなり始まった女子会トークに、ゴニョゴニョ言って顔を真っ赤にするルー。

「実は一緒に住んでるんだけど」

「えっ⁉　なにその話、聞いてないわよ⁉」

「でもあいつは、見張り役というか、私の世話を陰陽局から任されているだけで、何とも思ってないだろう。私が狼姿や子犬姿でいると、それはもうわしゃわしゃ可愛がってくれるが、人の姿でいると、全然触ってこない。なので家では、よく子犬の姿でいる」

「あー……。それはもう、なんていうか、時間をかけるしかないわね。でも青桐さんは手《て》強《ごわ》そうねえ〜」

ルーは黒のパーティードレスが艶《つや》っぽくて素敵なのに、恋する乙女なところがいじらしい。たまらずぎゅっとすると、せっかく人間に化けていたのに耳と尻尾《しっぽ》が出てしまう。それもまた可愛い。

「おい、真紀。準備できたか」

コンコンと部屋をノックする音。馨だ。

「じゃーん。見て馨。チャイナドレスよ！　黒髪よ！」

私は扉を開け、どーよと言わんばかりに両手を広げる。

きっと馨は、いつもと違う私に驚くだろう、と思っていたのだが……

馨は馨で、大人っぽいフォーマルスーツがめちゃくちゃキマってて格好良かった。

「ぎゃあああっ、馨！　馨がかっこいい！」

私の方が一瞬で悩殺され、馨に抱きついてしまう。ゴロゴロしてしまう。

「こ、こらお前。せっかく綺麗《きれい》にしてもらったのに、化粧も髪も乱れちまうぞ」

「綺麗って思ってるの？」

「は？　お前、そーいう手には乗らないぞ」

「ちぇっ。素直じゃないわねえ、馨は」

「…………」

「ちょっと、馨。由理やスイや組長が大変な時に、あんた、前世の妻の胸元ばっかり見てるんじゃないわよ」

「すまん。主張が激しくてつい」

スーツ姿の馨は大人の男って感じで格好いいけど、中身はやっぱり馨。

今はこれ着とけとか言って、自分のスーツの上着をせっせと着せようとする。大きくてブカブカの上着。あったかい。

「おいお前ら、この期に及んでいちゃついてんじゃねーぞ！　今から敵地に乗り込むってのに、お気楽な奴らだな」

「……津場木茜は、大人びたスーツ着てても津場木茜ね」

変装もし終わり、武器も揃え、戦うための準備は整った。

いざ、海賊の懐へ。

《裏》由理、狩人たちの正体を知る。

僕の名は夜鳥由理彦《ゆりひこ》。

これは、友人の真紀ちゃんに化けて悪い人たちに攫《さら》われた、数日後のことだった。

「よお、囚《とら》われのお姫様」

ガシャンと牢屋《ろうや》の格子に掴《つか》みかかり、僕を見下ろす、灰色の髪で目の下に濃いクマのある男。

「あーら、中二病アイタタ系式神の玄武《げんぶ》じゃないの。やる気なし晴明《せいめい》は元気？」

「おい、茨木真紀に化けてるからって、好き勝手なことほざいてんじゃねーぞ」

かの安倍《あべの》晴明が使役していた式神、四神の玄武。

流石に叶先生はぬかりない。この男を、ここに寄越《よこ》すなんて。

「甘露よもぎの煮汁を飲まされても、化けの皮が剝《は》がれなかったみたいじゃねーか。流石だと褒めてやってもいいぜ。ま、晴明の式神なんだ、そのくらい当然っちゃ当然だがな」

「玄武さん。あなたもここに潜入していたのですね。というか、その格子一応、あやかしが嫌う呪詛《じゅそ》がかけられてるものなんですけど、手、痛くないんですか？」

「たりめーだろクソ野郎。俺はあやかしじゃなくて神格持ちの〝神〟なんだよ。痛くもかゆくもねー。つーか玄武さんじゃないリーダーと呼べ」

「確かにあなたは、敵サイドにいても何ら違和感なさそうです。どう見ても悪人面ですし、口も悪いですからね。神様には到底見えない」

「爽《さわ》やか笑顔で嫌味言えるんなら問題ねーな。おめえ、自分の身は自分で守れよ。俺にはやるべき任務が山ほどあるんでな」

「わかっていますよ。あなたのことは居ないつもりで考えてます」

「はっ。可愛くねー部下だぜ」

自分の身は自分で守れと言ったのは、玄武さんなのに。

「おっと、誰か来たみたいだな。あばよ、俺は諜報《ちょうほう》活動を開始する」

そして小さなミドリ亀の姿になる玄武さん。

のっそりのっそり、愛らしい様子で暗い牢屋の隅っこを歩いて、ここを立ち去ろうとする。いつも思うけど、何かキマらないんだよなあ……

そんなミドリ亀に気づくこともなく、一人の狩人《かりゅうど》がここへやって来た。

「おい、飯だ」

裾《すそ》の長いローブに、深くかぶったフード。

手に持つお盆には、パンとスープと、ちょっとした果実。これが昼と夜。ここ最近毎日こんな食事で、真紀ちゃんだったら耐えられなかっただろうし、僕がここに来てよかったんじゃないかなと思う。

「いただきます」

ちゃんと手を合わせてから、いただく。今日のスープはドロッとしたミネストローネ。不味《まず》くはないけど、美味《おい》しくもない。昨日の辛いスープよりましか。

「大食いって聞いてたから、飯の量に文句でも言ってくるかと思ってたけど、よく耐えてるじゃん」

ここに食事を運んで来た狩人が、話しかけてきた。

前に浅草に現れた狩人は、稲妻のごとく現れた〝ライ〟と、あと二人いた。

一人は騒がしい玄武さん系で、もう一人は大人しいタイプだった。

今日ここに来たのは、玄武さんタイプの子。だけど隅田川《すみだがわ》で見た時ほどテンションは高くなく、声はガラガラだ。

多分僕らと同じくらいの、子どもだと思う。名前は〝ムギ〟と呼ばれていたっけ。

「動くこともないから、お腹も空《す》かないわ」

真紀ちゃんっぽく返すも、確かに真紀ちゃんだったらこの量には文句を言うところだろうと思ったりする。僕、真紀ちゃんほど大食いじゃないからなあ。

「ねえ。少しくらい、外に出してくれてもいいんじゃない」

「ギャハハ。そりゃダメだよ。お前、何しでかすかわからないじゃん。それに、オークションで買い手がついたら、お望み通りここを出られる」

「変態親父や、お腹空かせたあやかしに買われたらどうしてくれんのよ」

「その時は、自分の不運を恨むしかねーな。力に驕《おご》り、のこのこ一人で歩いていたのが悪いっつーの」

「ねえ、私を攫ったあの〝ライ〟って子は？」

「ライは忙しい。エキドナ様のご命令で、他のあやかし狩りに出ている」

この子はとても素直で、僕の言霊にもすぐに返してくれる。

僕の担当の狩人がこの子でよかった。それでいて、一つ、疑問に思っていることもある。

「ねえ、初めて会った時から思ってたんだけど、あんた、女の子でしょう？」

「えっ」

その子は驚き、しばらく黙って、俯《うつむ》く。

真紀ちゃんは男の子だと思っていたみたいだけど、僕は誤魔化せない。数多くの男女に化けてきたから、そういうのは匂いでわかる。

「今更、男も女もないじゃん。こんな、アタイみたいな化け物……」

そこまで言って、その子はハッとする。気がつけばフードが頭から脱げていたからだ。

もちろん、僕が気づかれない程度の術でやったことだ。

確かにその子は、くりっとした大きな瞳《ひとみ》の女の子だった。

でも肌は乾いてザラザラとしており、長い髪は少し青みがかっている。また、チラリと見える歯はサメのようにギザギザと尖《とが》っていた。

「へえ。可愛いじゃない。君、半妖《はんよう》なの？」

「ち、違う！　あやかしなんかと一緒にするな！」

僕も思わず自分の口調が出てしまったが、相手も混乱して一生懸命フードを戻していたので、違和感を抱かれずにすんだ。

「く、食ったら食器は外に出しておけよ」

そして、慌ててこの場を去って行った。

「……半妖、か」

それは、人とあやかしが契り、生まれた存在。

浅草にも半妖の子はいる。だけど、そういう子は各地の労働組合や陰陽局に申請し、登録する義務があり、将来どちらとして生きるかを選択しなければならない。

「だけど、そんな感じじゃなかったな。あれは……意図的に作られた、禁忌の何か」

他の狩人もそうなのだろうか。

ならばなぜ、こんなところにいるのだろう。次はそういうことを尋ねてみようかな。

「ごちそうさまでした」

食べ終わった食器を外に出し、何もない牢屋の中で、頭上にある監視カメラを睨《にら》む。

都合の悪い部分は、きっと玄武さんがどうにかしてくれるだろう。

「居ないつもりで考えていると言ったけれど、頼りにしていますよ、リーダー」

《裏》灰島大和、子ネズミ呼ばわり。

俺の名前は灰島大和《はいじまやまと》。

浅草地下街あやかし労働組合の組合長だ。これでもまだ20代前半。茨木あたりは俺のことを〝組長〟と呼ぶが断じてそっち系ではない。

術師の名門灰島家の長男として生まれたにも拘《かか》わらず、ちっとも才能に恵まれなかった。

いや、違う。幼い頃は、今よりずっと、力があったような気がする。

どんな力だったっけ。確か、とても、冷たかった気がする……

力の制御ができずに母を傷つけたことがあった。日々恐ろしい目にあったり、意味のわからない夢を見たり、そういうのが辛《つら》くなって、確か俺は、大黒天《だいこくてん》様に何か願ったんだ。

『もういらない。こんな力いらない！　母さんを、氷漬けにするところだった……っ』

『だがその力はお前の〝縁〟であり、のちに必ず役立つものだ。だが、今は必要ない。その力が記憶を導けば、お前はそれに苦しめられるだろう。ならば、その時が来るまで浅草の七福神が封じておこう……』


遠い昔の、俺と大黒天様のシルエット。

そうだ。俺は願ったんだ。力などいらないと。そのことすら忘れていた。

願いが聞き入れられてからは、徐々に徐々に、俺は大した力が使えなくなっていった。

もともと制御ができていなかったけれど、そういうことではなく、何をしても微弱な効果しか発揮できなくなった。衰えていったのだ。

こうして俺は、名門灰島家の術師にしては随分とお粗末な、分家の人間にすら劣る本家の恥となったのだ。

力がないということに、劣等感を抱くことなんてしょっちゅうだ。

他の名家には才能豊かな跡取りがいるのにと、陰口を叩《たた》かれることはもはや日常。

津場木家の茜君の噂にはいつも敏感になってしまったし、陰陽局に足を運べば、ここにいる誰もが、自分より優れた術師なんだと思い知らされた。

だが、力がない分、よく動いた。

それでも浅草地下街あやかし労働組合を継ぐのは、俺だったからだ。

浅草の神々やあやかしの元を巡り、何か困っていることはないか、暮らしにくいことはないか、相談を聞いて回る。小学生の頃はランドセル背負って、中学生になってからは部活動すらせず、高校時代は彼女一人できないことをからかわれながら。

気まぐれな神様やあやかし相手に、俺は腐らず、頑張った。

『もしかして、見えているんですか？』

最初にそう声をかけてきたのは、まだランドセルを背負った天酒だった。

そこから、前世大妖怪《ようかい》、今人間なんて厄介な〝三人組〟と知り合ってしまった。

当の本人たちは強力な力がありながら、なぜか無力で真人間の俺に懐き、度々会いにくるようになった。俺もまた、あいつらがやらかす事件の尻拭《しりぬぐ》いをする度に、なんだかんだとあいつらを好きになっていった気がする。

本格的に浅草地下街の仕事を率いるようになってからは、管轄下のあやかしたちの揉《も》め事を止めに行ったり、取り締まったり、路頭に迷うあやかしを保護して、浅草で仕事を見つけて暮らせるようサポートしたり。危険と隣り合わせで、死ぬほど忙しい、そんな日々。

それでも、俺にとって浅草の神々やあやかしは、家族も同然だった。

何の力もない俺を分家の人間たちは笑ったが、浅草の皆はそれを笑うことなく、誰もが親しみを込めて「大和ぼっちゃん」と呼ぶ。小さな子どものように可愛がる。まあ、あやかしからしたら、俺なんて今も子どもだろう。

そんな〝家族〟が人間たちに拉致《らち》され、今にも遠い国に売り飛ばされそうになっている。

まるで映画の世界の話のようだが、あやかしにとってこの手の危険は、今もなお身近なものだった。

浅草は〝あやかし〟にとって最も平和な土地。そう呼ばれていたし、そうあり続けるよう頑張っていたはずなのに……

俺は拉致された者たちの居場所と、その裏にいる黒幕を暴いたが、力がないばかりに彼らを助け出すことができず、逃げ遅れて囚《とら》われてしまった。

力がないばかりに。力がないばかりに。

なんとか式を飛ばし陰陽局に情報を送ったが、ちゃんと届いたかは分からない。

◯

「にゃはは。無力な子ネズミたちが目を醒《さ》ましましたにゃ〜」

なんか、へんちくりんな猫語が聞こえた。

薄《うっす》らと目を開けると、鳥籠《とりかご》のようなドーム状の鉄格子の隙間から、巨大な化け猫が俺たちを覗《のぞ》き込んでいた。

こんな俺でもわかる。大妖怪で、俺なんかの手に負える相手じゃないこと。

「おはよう薄汚れた灰色の子ネズミちゃん。狩人《かりゅうど》がサメの餌食《えじき》にしようとしたらしいんだけど、どうにもあなた方は強力な加護に守られている様子だにゃ。興味があって深層心理をのぞいてみましたが、なんとなんと！　にゃははははは」

化け猫は大きな声で笑い、鉄格子の隙間から舌を伸ばし、俺の顔を舐《な》める。

「灰島大和。あなた、面白い〝前世〟をお持ちですにゃ〜。役に立ちそうなので、もう少し生かしといてやりますにゃ」

前世……？

なに言ってんだ、この猫娘。

だけど俺も体が怠《だる》く、意識がふわふわとしていて定まらない。妙な術をかけられていて、頭が働かないようにされているのだ。

俺はこのまま、むざむざと殺されて終わるんだろう。

誰も助けられず、何もなし得ないまま。

寒い。

目を瞑《つぶ》ると、雪の降る中、俺に手を伸ばす立派な男の〝鬼〟が見える。
このヴィジョンは何だろう。
お前は、誰だ。
俺は、誰だ？

第三話　クルーズナイトパーティー（上）

夕方の横浜港《よこはま》はおしゃれで美しい。

「ねえ馨《かおる》。あのヨット形の建物かっこいいわねえ」

「あれは確かホテルだぞ。高級な」

「私、横浜の港って実は初めて来たのよね。ここデートスポットだって馨知ってた？」

「ふーん」

観光に来たわけではないのに、横浜港大さん橋国際客船ターミナルの屋上広場より観光客並みの感想を連ねていた。無数にそびえるビルの光や、有名な赤レンガ倉庫、彩光を放ってゆっくりと回る大観覧車は、確かにデートスポットに相応《ふさわ》しいキラキラ感。

だけど私たち黄《こう》家一行のいでたちときたら、胡散《うさん》臭くて怪しすぎる。

皆してお揃いの黒いロングコートを羽織ってるし、黒いサングラスで目元を隠してるし、私に至っては顔面にお札だし。

一般の観光客やカップルもいたが、彼らはほとんど私たちを気にしていなかった。

なぜならここ一帯に〝隠遁《いんとん》の術〟が張り巡らされており、関係者以外は船すら目視できないと言う。そこには確かに、巨大な船があるというのに。

静かに乗船が始まり、私たちは一人一枚の紹介チケットを持った。

船に乗り込む者たちには、いかにもヤバそうな裏社会の住人や、金を持て余してそうな人間、人に紛れているが人ならざる者、など。

ここにいる者たちは皆、人外オークションに参加する予定なのだろうか。

そう思うと、じわりと敵意を滲《にじ》ませてしまう。しかし前にいる馨がちらりと振り返り、視線で「計画を忘れるなよ」と、念を押す。

ええ、わかっているわ。計画の遂行が何より重要。

それまで私は、黄家が引き連れて行くキョンシーの一人を演じなければならない。

今回、黄家一行としてこのクルーズ船に潜入することになったのは、黄炎《えん》さんと黄家のキョンシーたち、私と馨、津場木茜《つばきあかね》、青桐《あおぎり》さん、ルー。深影《みかげ》は烏の姿で船を追い、時折上空から全体の状況を把握する役目に徹してもらう。彼は人間に攻撃できないからね。

陰陽局《おんみようきよく》の最新の追跡船が後からこのクルーズ船を追うらしいが、ここから確認することはできない。そっちに熊《くま》ちゃんと虎《とら》ちゃんが控えているはず。

凛音《りんね》もこの船に乗っているはずだが、どこにいるのか、まだわからない。

まずは問題なく船内に潜入。豪華クルーズ船〝ロイヤル・メロー〟の高級感溢《あふ》れるエントランスロビーには、象徴である人魚の像が佇んでいる。

ここには客室以外にも、数多くのレストランやラウンジ、バーにカジノルームに、シアタールームにダンスフロアまで、あるらしい。はしゃいでしまいそうだが、私はあくまで大人しいキョンシー。おしとやかに、おしとやかに。

そのまま各キャビンに案内された。ベッドのある部屋とソファのある部屋が別々になっていて、専用のバルコニー付き。ジェットバス付き。ホテルのスイートルームかと言わんばかりのラグジュアリーなお部屋だ。

この贅《ぜい》を尽くした客船もまた、人外を売って手に入れたお金で造ったのかな。

「事前に聞いた話だと、丸一日この船に乗ってオークションのある島に行くらしいわ」

「まるで映画の世界のようだな」

私たちが、実在するその手の世界を知らないだけだろうけど、馨の言う通りここはまるでハリウッド映画で見るような、セレブ御用達の豪華客船だ。

「おいお前たち、何そわそわしてる。つーかお前たち、当たり前のように同じ部屋で落ち着いてるが、同室じゃねーからな」

津場木茜がこの部屋に顔を出し、じと目で告げる。

「茨木《いばらき》はルーと同室でこの部屋。天酒《あまさけ》、お前は隣だ。俺と同室」

「……え？　俺、津場木茜と？」

「ついでに青桐さんと黄炎さんが、女子部屋挟んだもう隣の部屋だ。いいか、騒ぎを起こしたり、勝手な行動するんじゃねーぞ。船上じゃ逃げ場なんかねーんだからな」

神経質な津場木茜。特に私に向かって、わかってんのかと言いたげな顔。

「なあ津場木茜、お前こういうクルーズ船に慣れてそうだな。陰陽局ってこの手の船に乗ることがあるのか？」

「陰陽局っつーか、家族旅行ではよく利用したぞ。小学生の頃に、夏休み全部使って世界一周したからなあ。こんなの珍しくもなんともねえよ」

「……そういえば、津場木茜は凄《すご》いお坊ちゃんだったわね。忘れてたわ」

川越《かわごえ》にあった津場木家の屋敷を思い出しつつ。

お坊ちゃんキャラが、由理《ゆり》から津場木茜に移ってしまったわ。

「あ、動き出した」

横浜の光から遠ざかり、船は暗い海上を静かに進む。

「気を抜いてはいけませんよ。オークションを前に、すでに戦いは始まっているのですから」

青桐さんが私たちのいる部屋にやってきて、

「それでは皆さん、情報収集の時間です。ナイトパーティーに赴き、有益な情報を手に入れましょう！」

「ナイトパーティー？」

「カジノルームやバーラウンジが開放され、参加者たちの交流場が設けられているのです。オークションは手持ちの紹介チケットの数が、目当ての品を競り落とすために優位に働きますので、それを賭《か》けた交渉が事前に必要になります」

「金がものを言うんじゃないのか？」

「人外オークションはお金のみでは測れません。まずはこの紹介チケット、ホストが各招待状に十三枚忍ばせてあり、その数だけ知人や側近を連れて行けます。我々はこの制度を利用し、八枚を事前に譲り受け、この船に乗ったわけです。そして乗船した段階で、紹介チケットは駆け引きの材料となるのです」

青桐さんは紹介チケットを掲げて、続けた。

「情報が欲しければ、この紹介チケットを差し出して聞けばいい。相手が紹介チケットを欲していれば、交渉成立。紹介チケットの数は、より高ランクの競売の参加に役立ちます。また、情報収集の果てに同じアイテムを欲しがっている存在が分かれば、その者の紹介チケットを奪って、競売に参加できないようにすることも可能です」

「なるほど。ライバルを事前に蹴落《けお》とせるってわけか」

「そういうことです天酒君。我々は、最悪手元に紹介チケットを残す必要はないので、情報収集にのみ徹することができます」

青桐さんは、必要な情報をいくつかリストアップした。

「必要なのは情報です。一つ、オークションの目玉商品。二つ、茨木童子《どうじ》を欲しがっている存在について。三つ、可能ならば浅草地下街の者たちの安否について。四つ、バルト・メローに協力しているあやかしについて」

それらは今後の計画に必要な情報であるのと同時に、この事件後のことも視野に入れて集められる情報のようだ。

早速青桐さんとルーと津場木茜がバーラウンジへと向かい、私と馨は黄炎さんと共にカジノへ向かう。二手に分かれて行動することになったのだった。


「ヤバそうな連中がうようよいるな」

「見て馨。あの男、ウサ耳の美女を侍《はべ》らせて自慢してるわ」

カジノルームは広く、煙たい。すでにナイトパーティーは開かれ、数多くの人間や、彼らに従う人外たちが参加している。

奥に行くにつれタバコの煙が酷《ひど》く、咳《せき》が出てしまいそうだが、我慢する。

数人がこちらを見て、ヒソヒソと噂話。私、バレてないわよね。

聞こえてくる声は「黄家だ」とか「キョンシー」とかなので、大丈夫だと思うけど。

「黄家は、やっぱり裏社会に顔が利くんだな」

「まあネ～、そっちが表の顔だから。あ、あのオールバックはとあるシチリアマフィアのドンだ。女好きで有名で、とりわけ人外の美女を買い漁《あさ》り、コレクションして侍らせているヨ」

「うへえ……」

あ。さっきも見た奴だ。

ウサ耳の美女を連れた、葉巻吸ってるいかにもマフィアな男。

ウサ耳の美女の首には、首輪が嵌《は》められていた。

「組長ごめんなさい。今までずっと浅草地下街をヤクザっぽいとか言って弄《いじ》ってたけど、実物はもっとヤバそうだわ」

ここの連中を見たら、組長なんて天使よ。女遊びからは程遠く、タバコも吸わないし酒癖も悪くないし。ほんといい人。

例のシチリアマフィアの男が近づいて来て、友好的なノリで話しかけてきた。

「よお、黄家の倅《せがれ》じゃねえか。前に借りたあんたんとこのキョンシー、アレはいい働きをしたぞ」

「どうも」

黄炎さんが手を合わせて頭を下げる。

マフィア男は、黄炎さんの背後に控える私をチラリと見る。

「そっちもキョンシーか。名前は？」

「あ、えーと、香香《シャンシャン》ですョ」

馨が自由に喋《しゃべ》れたらこうつっこんだだろう。上野のパンダかよ。

「とっても強い。歴代の中でも、とりわけ自信作です」

「ほお。女のキョンシーは初めて見たな。どれ、顔を見せてみろ」

女と聞くと目の色が変わる。マフィアの男は私に手を伸ばし、顔の札を捲《めく》ろうとした。

「⁉」

素早く馨が男の手首を掴《つか》む。その時の馨の顔ときたら。

「てめえ……っ、何を」

「アハハ。すみませんネ、ドン・アルジャーノ。この二人は双子の兄妹《きょうだい》でしてね。妹が二年前に悲劇的な死を迎え、泣く泣くキョンシーにした訳です。兄は今も妹を大事にしていて、触れるモノには容赦しない。妹にもまた兄を敬愛する記憶があります」

黄炎さんは薄く目を開き、

「言ったでしょう。この娘とても強い。暴れ出したら止まらない。ここはご勘弁を」

そして、袖《そで》を合わせて頭を下げる。

暴れだしたら止まらない、という言葉に嫌な思い出でもあるのか、男は、

「はん。まあいい、黄家を敵に回したら厄介だしな。どのみちオークションで上玉を競り落とすつもりだ」

「何をお求めで？　チケットが入り用でしたら、ウチが一枚提供できるかもしれませんヨ。ただし、今回の目玉をご存じであれば」

黄炎さんがさっそく、自らの紹介チケットを胸ポケットから取り出す。

それを見て、男の顔色も変わった。

黄炎さんはこの者がそれを欲しがると察し、情報を求めたのだ。

「噂じゃあ、目玉のアイテムは三つあるって話だぜ」

男は黄炎さんの紹介チケットを受け取り、小声になる。

「一つ、ノルウェーで発見された絶滅種のドラゴンの卵。二つ、カリブ海の十二色の鱗《うろこ》を持つ人魚。三つ、日本の大妖怪《ようかい》茨木童子の生まれ変わりの娘」

「ほうほう。人魚が今回も最高額ですかネ」

「俺はそこを狙うが、どうやら今回は茨木童子が本命という見方もある。日本の大妖怪の生まれ変わりだ。前世が大物の化け物で、今が人間の娘というのがキモだな。今までほとんど例を見ない。人間も、人外の大物も狙っているという話だ」

「…………」

今までほとんど例を見ない、か。確かに、あやかしから人間に生まれ変わったものを私も知らない。それは少し、気になっている。

チケット一枚で得た情報はそこまでで、シチリアマフィアのドンはウサ耳美女の肩を抱き、この場を立ち去った。

ちょうどその時、背後が少し騒がしくなり、私たちは振り返る。

どうやら無視できない大物がカジノルームにやってきたらしい。

「見ろ。吸血鬼のお通りだ」

「悪名高い〝血の伯爵夫人〟に〝串刺《くしざ》し公〟まで。例の人間の娘の血をご所望かな」

ヒソヒソと聞こえてくる小声で、彼らが何者なのか察する。

中世ヨーロッパの舞踏会に着ていくようなドレス姿の女と、鉄仮面にタキシード姿の男が特に目立つが、青白い顔した吸血鬼集団だった。

列の最後に、ダークグレーのスーツに身を包んだ凛音の姿を見つける。

「ごめん、馨。この手の格好は、どうしても凛音に軍配が上がるわ。サラサラ銀髪が罪ね」

「普段の格好と、そう変わらねえじゃねーかあいつの場合」

佇《たたず》まいには品があり、凛音らしい。だけどいつにも増して強張《こわば》った顔をしている気がする。

私の方を極力見ないようにしているのは、この紙のお札のせいだろうか。それとも気づ

ていたんだネ」

「アレは吸血鬼の同盟〝赤の兄弟〟だ。茨木童子の眷属《けんぞく》だった銀髪君も、あの同盟に属していたんだネ」

「赤の……兄弟」

凛音はやはり目配せもせず、そのまま吸血鬼たちについていく。

そしてドレスの女が座ったソファの傍で跪《ひざまず》き、差し出された手をとってキスをした。

「おい、あいつあの吸血鬼の女の手にキスしたぞ」

「手のキスくらい海外じゃ常識なんでしょう」

「あいつが、あの凛音が、別の女に跪いたって事だぞ。おい、どういう事だよ！」

「何であんたが憤慨してるのよ、馨」

確かに、私も多少、驚いた。

凛音は捻《ひね》くれた性格をしていたが、茨姫《いばらひめ》の眷属として確かな忠誠心を持っていたからだ。

でも、今世、あの子が再び私の眷属になりたいと言ったことはない。私を眷属にしたいとは言ってたけれど。

ここにいるのは、私の知らない凛音だ。すでに別の主人がいたということだろうか。

「赤の兄弟の目的は、おそらく茨木童子の生まれ変わりの娘……すなわち真紀《まき》チャンだろう。吸血鬼にとって血に力のある茨木童子は、喉《のど》から手が出るほど欲しいだろうからネ」

「そうでしょうね。凜音は私の血以外をまずいと言うもの」

「アハハ。そりゃあグルメだ。だけど……そういうことだネ」

黄炎さんは笑顔のまま私に忠告した。

「真紀チャンはあの者たちに関わらない方がいい。吸血鬼ほど執着が強く、残虐な連中はいないからネ」

普通ならば茨木童子の血を欲する彼らから情報を聞き出したいところだろうが、黄炎さんは彼らに接触しないようだった。

それだけ危険な連中ということだろうか。

そんな中に、なぜ凜音は身を置いているのだろうか……

「おい真紀、あっちにも懐かしいのがいるぞ」

「ん？」

馨に肩を突かれ振り返る。羽織袴《はおりはかま》の集団がカジノルームにやってきて、私はそいつらに目を疑った。長い後頭部が特徴的な、小柄な老人には覚えがある。

「あれは……もしかして、ぬらりひょん？」

大江戸《おおえど》妖怪の総元締め、ぬらりひょん九良利《くらり》組のご隠居様だ。

しかもこっちに近づいてくる。

「ほっほっほ。久しいのう、黄家の倅」

「これはこれは九良利信玄《しんげん》殿。オークションに顔を出されるのは久々ですネ」

「前の百鬼夜行で、手に入れ損なったものがあってのう」

「ははあ、なるほど。あなたも例の娘をご所望ですか。やはり人外勢に人気ですネ」

この会話を馨は大人しく聞いていたが、イライラしているのが何となく伝わってくる。

「チッ。あのジジイ、まだ真紀のこと諦《あきら》めてないみたいだな」

「薄々勘付いてたけど結構なワルよね、九良利組のご隠居様。深影の黄金の瞳《ひとみ》然《しか》り、私然り、欲しいものは絶対に手に入れたい、みたいな」

黄炎さんは胸ポケットよりもう一枚紹介チケットを取り出すと、それをぬらりひょんのおじいさんに手渡し、耳元で何か問いかけたようだ。

「ほう。例の浅草《あさくさ》の件か。浅草地下街の倅も不運じゃったのう。もう命はないじゃろうて」

その言葉に、思わず反応しそうになったが、ぐっと拳《こぶし》を握って堪《こら》える。

私も、馨も。

「浅草は東京の中で、唯一九良利組の威光が届かぬ土地じゃった。しかしこれで……ほっほっほ」

「もしかして、あなたもバルト・メローの協力者だったりするのですか？」

「ほっほっほ。それはどうじゃろう。だが今回の件には〝大妖怪〟が関わっているという情報は持っとるよ」

まるで何かを試すような口ぶりの、ご隠居。

「それは教えていただけないのですか？」

「教えてもいいんじゃが、ここはカジノルームじゃ。退屈を凌《しの》ぎに来たのに、老人をただの立ち話に付き合わせるとはなっとらんのう」

「これは申し訳ありません。でしたらワタシの弟分が相手をしますョ」

「……え」

馨を生贄《いけにえ》のように前に押し出す黄炎さん。

いやいや、サングラス掛けてるからって一応顔が割れているのに。

「ほお、これは久しい！　あの時の若者ではないか！」

しかもぬらりひょんのおじいさんは速攻で馨に気がついたし！

「ほっほっほ。なるほどなるほど気分が乗ってきたわい。そうじゃのう、ならばポーカーで勝負じゃ。それぞれのチケットと情報をかけてな」

「は？　ポーカー⁇」

聞いたことはあるけれど、私も馨も知らないゲームだ。トランプは大富豪とか神経衰弱とか七並べとかババ抜きとか、おうちでできる定番のものしかわからない。

ていうか馨？　あの、最強最悪に不運の馨がやるの？

ま……負けるわ……確実に……

「ちょっ、ちょっと黄炎さん！　言っときますけど俺の不運を舐《な》めちゃダメですよ！」

「いいんだよ負けても。別に君のせいにはしないョ～」

「やばい。殺し屋に圧力をかけられている。そんな気がする」

馨は席についてポーカーについて軽く説明を受けたあと、九良利組のおじいさんと対決することに。

ディーラーの色っぽいお姉さんが、

「ルールはテキサスホールデム。チップではなくチケットを賭《か》けます。では手札を配ります」

馨があたふたしていたので、丁寧に進めてくれた。

どうやら手札をそれぞれ二枚配られて、そのカードと台の真ん中に置かれたコミュニティ・カードを使って組み合わせを作るらしい。

その組み合わせを〝役〟というらしく、ストレートフラッシュとか、フルハウスとか、どこかで聞いたことある言葉は、ポーカーの〝役〟のこと。

「役っていうと紛らわしいから、もう〝技〟だと思うといいョ～」

「なるほど。ストレートフラッシュとか、フルハウスって技名だと思うと覚えやすいな！」

私はいまだ理解していない。そんなこんなでポーカーが始まった。

それぞれが二枚の手札を確かめ、普通は駆け引きの中でチップが賭けられていくんだけど、我々が賭けているのは〝チケット〟と〝情報〟のみだ。

順番に手札を捲《めく》って役が出来たかどうかを確認する……

「あ〜。君ほんと運が無いんだねえ。ワンペアも無いなんて。しかも数字の低い雑魚《ざこ》カードばかり」

「すみません。知ってました、すみませんっ」

なんか、いつの間にか馨が負けてた。

「ほっほっほ。初々しいのう」

一方、余裕で勝ったらしいご隠居は、悠々と扇子で顔を扇《あお》いでいた。

そして馨の賭けていた紹介チケットを一枚持って行くと、テーブルの上で指を組み威圧感たっぷりめで問いかける。

「ところで若いの。確か浅草地下街の所属じゃったな？　お前さんはなぜこのオークションに来たのかのう。ここはとても危険じゃというのに」

勝者による情報収集の時間だ。馨は答える義務がある。

「……浅草地下街の大和《やまと》さんたちや、攫《さら》われた浅草のあやかしを助けに来たんです。何か問題でも」

「だがそれだけじゃあるまい」

馨はポーカーでこそ負けたが、問答には落ち着いて答えていた。

「お祭しの通り、茨木童子の生まれ変わりである、茨木真紀。彼女も助けに来たのです。ついでに水蛇《みずち》も」

「ほう。薬師の水連《すいれん》も捕われておったか。それは良い情報を得た」

こちらは間違ったことは言ってないし、馨は水連の名を出すことで、相手がどれほどの情報を持っているのかを測ったのだ。

水連が捕えられていることを知らなかったのであれば、九良利組はバルト・メローの協力者ではないのかもしれない。ただ、食わせ者のおじいさんなのでわざとそう答えたとも考えられる。

「ではなぜ、お前さんは茨木真紀を助けるのじゃ？　百鬼夜行の件でも思ったが、お前さんはあの娘にとって、いったい何なのじゃろうな」

「何って」

馨、一瞬固まる。この状況で、自分たちの関係をどう説明すれば良いのかを必死に考えていた。そして、

「そ、それは……最初は、その、ただの幼馴染《おさななじみ》で……」

「ほうほう。で？」

「つい最近、というかバレンタインの日に、交際を始めることになって……」

「ほお！　てっきり百鬼夜行の時から恋人同士なのかと思っておったが、先月付き合い始

めたのか。何とも奥手じゃな〜。初めてのカノジョかの？　ん？」

「は……初めての……カノジョです」

「百鬼夜行でも惚《ほ》れた女に刀を持たせまいと自ら土俵に立ち、今回も危険を顧みずこんなところまで来たのじゃ。ウンウン。愛じゃな。相当に愛しちゃってるんじゃな？」

「ぐふ……っ、は…………はい……」

ごめん馨。めっちゃ恥ずかしいわよね。冷や汗ダラダラで顔は赤い。

ぬらりひょんのおじいさんの聞き出し方も、ねちっこく嫌らしいし。

自分が酒呑童子《しゅてんどうじ》の生まれ変わりであることも、元夫ということも言えず、初々しい恋をしている純情な男子を演じなければならない。

私が側にいる手前、嘘も言えないしね。

そんな馨に、黄炎さんが堪えきれずに「ブハッ」と噴き出した。

私はどっちかというと、馨が恥ずかしい思いをしながらも、私のことを〝初めてのカノジョ〟であると説明する姿に感涙。

「ふぉっふぉっふぉ。若僧をからかうのは面白いわい！」

ご隠居は膝《ひざ》を叩《たた》いてしばらく笑っていたけど、そろそろ次の勝負を始めるようディーラーに目配せした。

「じゃがのう、若僧。ここで負けたら、お前さんは大事な彼女を取り返すことなどできない。わかっておるかのう。当然、わしらもあの娘を欲しておる。一族の未来のために」

「ええ。百も承知です」

ディーラーが手札を二枚ずつ配り、今度は台の上にコミュニティ・カードを五枚並べる。

スペードの10。ハートのJ。ダイヤのJ。スペードのJ。ダイヤの3。スペードのK。

「おお。すでにスリーカードが揃っている……」

どうやら同じ数字が三つあり、スリーカードという役が揃った状態のようだ。あとはそれぞれの手札を出して、どちらがより強い組み合わせを作れるか、という戦いになる。

ぬらりひょんのご隠居が、ニヤリと口元に笑みを浮かべた。

その瞬間の、大妖怪《ようかい》らしい禍々《まがまが》しさったらない。一瞬、野次馬どもが青ざめたくらい。

そして、ご隠居は自らの手札を表に返す。

ハートの7。クローバーのJ。

「フォーカードだ！　ぬらりひょんのご隠居はフォーカード！」

フォーカードとは、四つの数字が揃った状態のことだ。

要するに、ご隠居がクローバーのJを持っていたことで、Jが四つ出揃った形となり、フォーカードという強力な役になる。

「どうじゃ若僧。このようなところで負けていては、あの娘には到底手が届かんのう」

勝ったと確信しているかのような言葉だ。

「そもそも身の程知らずも甚だしい。あの娘は普通の娘ではなく、茨木童子の生まれ変わりじゃ。少しくらい強い霊力を持っているからと言って、一介の人間の雄に見合う娘ではないのじゃ。やはりあの娘は、大妖怪の嫁にこそ相応《ふさわ》しい」

ご隠居は言葉で畳み掛ける。その霊圧は凄《すさ》まじく、本当に負かされるかもしれないと私ですら思った。

だがさっきまで気難しい顔をしていた馨が、フッと生意気な笑みを零《こぼ》したかと思うと、

「それはどうかな」

自らの二枚の手札を、ゆっくりと表に返す。

スペードのQ。そして、スペードのA。

見物客たちが一気にざわついた。

「ロ、ロイヤルストレートフラッシュ……ッ！」

とんでもないことが起こった、ようだ。

なんとここでスペードのAから10までが揃い、ロイヤルストレートフラッシュという最強の役が出揃ったのだ。

要するに、馨がこれ以上ない状態で勝ったのだった。

まさかの展開に野次馬から歓声が上がり、拍手が沸き起こる。ただ、

「イカサマじゃねえのか！」「ふざけんじゃねえクソガキ！」

ぬらりひょんサイドからは野次が飛ぶ。

「うぬ。確かに、この局面でロイヤルストレートフラッシュとは、ちと出来過ぎじゃないかの。ん？　いったい何をしたんだ、小僧」

ご隠居も負けたことが納得できないのか、静かに怒りを滲《にじ》ませ閉じがちな目元を開く。

脅しにも似た悪意ある霊力を滲ませて。

今まで大人しくしていた私はカツカツとヒールを鳴らし、ごねるご隠居の傍に立ち、彼を冷たく見下ろした。

「おじいさんの負けだわ。馨を馬鹿にするからよ」

そう。額に貼ったお札の隙間から、私の〝目〟がしっかり見えるように、ね。

「…………なるほど。そういうことか」

私の目を見たご隠居は、あからさまに長いため息をつき、左右に首を振る。

「やれやれ。老体を引きずって船にまで乗ったというのに、とんだ骨折り損じゃわい。欲しいものは手に入らない。そういうことじゃな」

「ええ。そういうことよ」

「ならばチケットなど必要ないのう。お前さんたちに全部くれてやる」

ご隠居は私の手に、自らが持っていたチケットを全て置いた。

そして、この場を立ち去る間際に、私の耳元で、

「この件に関わっている大妖怪は、主にSS級が二匹。その他大勢」
小声になって、その情報を告げる。
「……SS級が……二匹？」
「それ以上は教えられん。じゃが、それで十分じゃろう」
確かに、名は教えられずともSS級というだけで五人まで絞ることができるからだ。
陰陽局公式SS級大妖怪は以下の通りである。
酒呑童子
茨木童子
玉藻前《たまものまえ》
大嶽丸《おおたけまる》
第六天魔王《だいろくてんまおう》
そのうち、酒呑童子と茨木童子が抜けるとなると、やはり玉藻前であるミクズは確定で、あと一人は、残りのどちらか。
……どっちであれ、最悪なんだけどね。
いっそそのどちらかを聞き出そうと思ったけど、気がつけばおじいさんたちは席から離れ、遠くへ行ってしまっている。
さすがはぬらりひょんだ。人混みに紛れて、のらりくらりと捕えづらい。

「お前、わざとあの爺《じい》さんに自分の正体をバラしただろう」

馨が心配そうな顔をしていた。だけど私は、これで良かったんじゃないかと思っている。

「だってこの方が、相手にとってもいいじゃない。オークションに参加する手間も省けるし、陰陽局の粛清対象にもならないし。というか馨。いきなり嘘みたいな幸運を発揮してたけど、あれは一体どういうこと？」

馨は「ああ……」と少し遠い目をしながら、

「あれはきっと、浅草寺《せんそうじ》の所願成就の加護のおかげだろう」

「あ。そういえば、七福神巡りで大黒先輩に貰《もら》ったわね」

「手札が配られる前に『大黒先輩、俺に力を』って神頼みしたら、コミュニティ・カードがロイヤルストレートフラッシュまであと二枚ってところだった。誰もがスリーカードに目を奪われていたが、俺の手札にはスペードのAがあったんでな。そこでちょっとズルしてスペードのQを偽造した。スーツのボタンと元のカードを素材に、結界術と霊紙でチョイチョイとな」

確かに、袖《そで》のボタンが一つ無くなっていた。

一枚勝手に作っちゃったなんて、イカサマだけど流石だわ。

でも結界術って、もはや何だっけ？

第四話　クルーズナイトパーティー（下）

その後も、私たちは手持ちの紹介チケットを賭《か》けながら、情報収集をしていた。

「き、きゃあああっ！」

少し離れた席から女性の悲鳴が聞こえ、カジノルームの注目がそちらに集まる。

今度はいったい、何⁉

「お前がいけないのよ。私のこと、馬鹿にしたような喋《しゃべ》り方するから」

揉《も》めていたのはルーレットで遊んでいた赤茶色のドレスの女性と、そのディーラーだ。

「あれは……」

凛音《りんね》が畏《かしこ》まっていた吸血鬼の女だ。クラシカルなドレスは異様な存在感があった。

ドレスの女がディーラーの首筋を舐《な》め、赤い唇を開いて恍惚《こうこつ》とした表情を浮かべている。

「お、お許しください……っ」

「ダメよお。だって若い女の血、美味《おい》しそうでたまらないんだもの」

会場の誰もがゴクリと生唾《なまつば》を飲んだ。そんな音がした。

今まさに、吸血鬼の女がディーラーの女性の首筋に食いついたからだ。

まるで一種のショーのよう。

吸血鬼が人間の血を吸っている様を、誰もが刮目《かつもく》している。

見る見る血の気が引いていく女性は「助けて」と囁《ささや》き、震える手を伸ばし助けを求める。

だが誰も助けようとしない。むしろ見世物を楽しんでいる。

黄炎《こうえん》さんを見ても、素知らぬ顔だ。

わかっていた。私がここで目立ってはいけないことくらい。

だけど私は、この状況で誰も動かず、趣味の悪い見世物を楽しんでいる状況が、どうしても許せなかった。ぐっと奥歯を噛《か》み締め、

「……っ、やめなさい！　死んでしまうわ！」

我慢が弾《はじ》けてしまい、吸血鬼の女をディーラーから引き剝《は》がしてしまったのだった。

「きゃあっ！」

吸血鬼の女は突然の事態に体のバランスを崩して倒れ、船客は死の瞬間を見ることができず「あーあ」という残念そうなため息を漏らした。それがまた腹立たしい。

わかっていたことだが、ここは異常な空間だ。

「なんて……なんてこと……っ！　命知らずがいると思ったら、そもそも命のないキョンシーだなんて⁉　おのれ、おのれぇええ……っ！」

倒れ込んでいた女性は、口元に滴る血を白い手袋で拭《ぬぐ》うと、目を見開いて私を睨《にら》みつけ

る。

「大丈夫ですか？　伯爵夫人」

黄炎さんが吸血鬼の女を起こそうとすると、その女は黄炎さんのネクタイをガッと掴《つか》んで引き寄せ、

「玩具《おもちゃ》の躾《しつけ》がなってないのではなくて黄家の倅《せがれ》！　それともこれはお前の命令？」

「アハハ。いやはやすみませんネ〜夫人。その子、血の匂いに敏感で」

黄炎さんは後頭部を掻《か》きながらヘラヘラ笑顔で対応するが、伯爵夫人と呼ばれた女の怒りは収まらず、

「粗相をしたキョンシーをこちらにお渡し！　スクラップにして返してやるわ！」

「んー。困った困った。黄家のキョンシーは玩具ではなく家族。壊されるのは悲しい」

「お黙り！　殺し屋風情が、私を誰だと思っているの！」

吸血鬼の女がヒステリックに叫び、すぐ側の机を拳《こぶし》で叩《たた》きつけた。並んでいたグラスが床に落ち、ガラスの割れた音が響く。

「伯爵夫人。落ち着いてください」

そこで別の吸血鬼がこの場に現れ彼女を宥《なだ》める。……凛音だった。

「これが落ち着いていられると思っているの!?　あのキョンシー、私の食事を邪魔したのよ！　私はまだ満たされていないわ！」

凛音は自らの紐《ひも》タイを解くと、シャツのボタンを外して首筋を晒《さら》す。

「……どうぞ」

すると女は満足げな微笑みをたたえ、頬を染めて凛音の首に絡みつく。

「ああ凛音。醜い人間どもに触れられて、ジロジロ見られて最悪の気分だったの。その点、お前は本当に美しいわね」

「…………」

凛音は「早く行け」と言わんばかりに、こちらに目配せをした。

直後、彼の目元がグッと力む。おそらく、血を吸われている。

「リ……」

馨《かおる》が私の腕を引いた。

「行くぞ。ここはあいつに任せよう」

結局、この場は凛音に助けられたのだ。

黄炎さんがディーラーの女性を抱え、私たちについてくるように言う。

「あの吸血鬼は一体何者なんですか」

馨が尋ねると、黄炎さんは、

「赤の兄弟の第二権威、バートリ・エルジェーベト。通称・血の伯爵夫人だョ。自らの美《び》貌《ぼう》と若さのために数多くの乙女を殺し、肉を喰《く》らい血を啜《すす》った、残虐な吸血鬼さ」

そして冷たい殺し屋の目で、黄炎さんは私を見下ろす。

「真紀《まき》チャン。この女の人を助けたかったとはいえ、さっきのような行動はやめてほしい。この船に善人はいない。ゆえに今の行動は目立ってしまった。君は……自分を獲物と定める獣の巣穴にいることを、もっと自覚したほうがいいヨ」

静かだが、確かな怒りを感じる口調で叱られた。

「は、はい……ごめんなさい」

流石の私も震え上がり、シュンとなって素直に謝る。

「はっ。お前にはいい薬だ。俺の言うことは全然聞かねーしな」

「ううっ、覚えてなさい馨」


その後、私たちは貧血状態の女性を医務室に連れて行き、再びカジノルームに戻る。

あの吸血鬼集団はいなくなっていたが、先ほどの騒動のせいか私たちの注目度は確かに上がっていた。

これはまずい。

黄炎さんに言われた通り、もう大人しくしとこう。

そして本当に一言も喋らず二人について行ってたんだけど……

「わっ」

マフィア同士の喧嘩《けんか》が始まり、逃げ惑う人たちの波に押されて、私は黄炎さんや馨と、あっというまに逸《はぐ》れてしまう。すぐ近くで銃声が聞こえた。

「まったく、なんで銃の持ち込み可なのよ。どんぱちも余興の一つだってことなの？　手荷物検査くらいしなさいよね……いや、それされたらマズいのはこっちか」

ここはやっぱり、平穏とはほど遠い場所。

身の安全を確保するため一度外に出て、騒動の収拾を待ってから二人を捜そう。

いや、こういう時は部屋に戻ったほうがいいんだろうか。それとも青桐《あおぎり》さんたちと合流した方が？

いやいや待って。さっき人混みに揉まれたせいでカツラがずれてる……

「わっ！」

ズラを戻していた時、背後から腕を掴まれ通路のかげに引き込まれた。

そのせいで黒髪のカツラが床に落ち、本来の赤髪がサラサラと肩を流れた。ま、まずい。

「茨姫《いばらひめ》、一人でうろつくのはやめろ。ここは危険だ」

しかしその声を聞いて、ほっと安堵《あんど》。

記憶が飛ぶまで投げ飛ばそうかと思ってたけど、やめた。

「凜音。カジノルームでマフィアが喧嘩し始めたのよ。それで馨たちとは逸れて……」

「なら、すぐに部屋に戻れ。真夜中になったら本当の争奪戦が始まる。それに、赤の兄弟はあなたを狙っているんだ」

振り返って凛音の顔を見上げる。

凛音はお札を顔に貼り付けた私を見て、目をジワリと見開いた。その僅《わず》かな動揺を、私も感じとる。

やっぱり凛音は、この姿から、アレを連想してしまうのね。

「ええ、少し、思い出してしまうわね。かつての大魔縁茨木童子《だいまえんいばらきどうじ》を」

「茨姫。そんな姿、よしてくれ」

「なに言ってるのよ。これはただの飾り。特になにか術を含んでいる訳じゃないの。それにお札を顔に貼ってないと、茨木真紀だってバレてしまうでしょう？」

いつもの凛音と、少し様子が違う。感傷的で、酷《ひど》く弱々しく思える。

「凛音、さっきはありがとう。あの女に血を吸われて、辛《つら》くて仕方ないのでしょう？」

血に飢えるのは吸血鬼の性《さが》だ。それなのに自らの血を差し出し、私を助けてくれた。血が足りないと吸血鬼は弱る。

私は自分の髪を横にまとめ、チャイナドレスのボタンをいくつか外し、首筋を晒す。

「私の血を飲んで。助けてもらったお礼よ。前に約束してた分もまだあげてなかったから」

「……だが」

凛音はやはり辛そうな顔をしていた。

しかし我慢する余裕もなく、後ろから腰に腕を回しぐっと私を引き寄せると、覆いかぶさる形で首筋に顔を埋めた。柔らかな彼の銀の髪が、私の頬を掠《かす》める……。

「……っ」

直後、鋭い痛みが首筋に走った。

牙《きば》がゆっくりと肉を刺し、滲《にじ》む血を舐めた途端、吸血鬼の本能が顕《あらわ》になり、鮮血だけをひたすら欲する。

「あ……っ、リン、それ以上は」

目眩《めまい》がしてくる。血を多く吸われすぎていた。

力の抜けていく体を、なんとか踏ん張って保ち、自由の利く腕を彼の顔に伸ばした。

そして、

「凛音！　あんた、私をミイラにするつもり⁉」

凛音の耳を思い切り引っ張る。

彼はハッとして私から離れ、血のついた口元を袖《そで》で拭うと、伏し目がちになって「すまない」と小さく謝った。

私はその場にへたり込む。チャイナドレスのボタンを留め直そうとしたが、手に力が入らず上手《うま》く留められない……

「おい、部屋に連れて行く。その似合わないカツラをかぶれ」

「似合わないですって？　私の憧《あこが》れの黒髪サラサラストレートを」

「茨姫は……そのままが一番似合っているだろう」

視線を逸《そ》らしつつ、らしくないことを言うものだ。私は少しびっくり。

「そこにいるのは、凛音かい？」

その時だ。背後から落ち着いた男の声がして、凛音がどこかピリッと緊張感を纏《まと》い、小さく息を整えて振り返る。私は何とか、カツラを被《かぶ》り直した。

「ドラキュラ公。それに……伯爵夫人」

それは鉄仮面のタキシードの男と、クラシックなドレス姿の女。

「あらあ？　そっちはさっきの無礼なキョンシーではなくて？」

「……はい。主《あるじ》と逸れたようです。霊力切れか体も動かないようで。とりあえず主人を捜そうかと」

「なんて事なの！　家族の元に帰れないキョンシー⁉　笑っちゃうわあ。やっぱりこいつポンコツよ、持ち帰って廃棄処分しなきゃ！」

伯爵夫人は羽扇を閉じ高らかに笑う。しかし直後、いきなり真顔になり、

「……おかしいわねえ。どこからか、美味《おい》しそうな娘の血の匂いがするわ」

ゾクッと、冷たい吐息を感じた。

「新鮮な血の匂い。極上の血の匂い。若い娘の、生き血の匂い」

獲物を探し、こちらに視線を流す。その血走った眼を、私は絶対に見ないようにしていた。

「申し訳ありません。おそらくそれはオレのせいです。先ほど、少し食事をしたもので」

凛音が私の前に立ち、血のついた袖を彼女に見せる。

「この船に乗っている人間で？　こんなに美味しそうな血を持つ娘がいたの？」

伯爵夫人はどこか不審がっていたが、

「まあいいわ。そのキョンシーを私にお渡し」

伯爵夫人が私に手を伸ばす。しかし、

「いい加減にしないか、伯爵夫人。黄家を本気で怒らせると厄介だと聞く。大事にしていたその美貌、動けぬ日中に切り刻まれていても知らないぞ」

低く落ち着いた声で、ドラキュラ公と呼ばれていた鉄仮面の男が、伯爵夫人を脅す。

伯爵夫人はピタリと手の動きを止めて、不思議なほどに大人しくなった。

「さあ、凛音。伯爵夫人が壊してしまう前に、早くそのキョンシーを返しておいで。なかなか良い血が手に入ったから、お前が戻り次第乾杯しよう」

「あ、そうそう！　前祝いをしましょう凛音。明日の夜には茨木童子の生まれ変わりとかいう娘の腹を掻っ捌《さば》いて、生き血で復活祭を催すのだから。これで太陽に怯《おび》えずにすむわ」

「……かしこまりました」

凛音はそのまま、私を抱えてその場を去った。

吸血鬼たちは背後からじっとこちらを見ていたようだけど、曲がり角でようやくその視線から解放される。

「ねえ……凛音は、あいつらの何なの」

「騎士だ」

凛音は淡々と答えた。私は凛音に抱き上げられたまま「そう」とだけ。

勝手なことに、私は少し、ショックを受けていた。

「オレは純粋な日本産の吸血鬼で、同族はもういない。ただ海外には数多くの吸血鬼がいる。特徴や種族が違ったとしても、他の吸血鬼というものがどのようなコミュニティを持ち、どのような生き方をしているのか、それを知るために国を出た」

茨姫を失った彼が、同族を求めたのは当然のことに思えた。

「だが異国の吸血鬼とは、酷く残酷なものだ」

「……凛音？」

凛音は私の部屋に着くまでの間、それ以上何かを語ることはなかった。

「マキ！」

キャビンの前では、ルーがハラハラして私を待っていた。こちらに駆け寄り、ぐったりしている私を凛音から受け取る。

「茨姫。万が一にも、あなたがあの者たちの手に落ちないよう、オレは手を尽くそう」

そして凛音は一人で帰っていった。おそらく、あの吸血鬼たちの元へ。

「おい、真紀どうした！」

馨と黄炎さんも戻ってきた。私が青い顔をしているので馨はすぐに察する。

「吸血鬼に血を吸われたのか……っ」

「待って、大丈夫。凛音よ。あの子に約束していたものをあげただけ」

「凛音？」

馨は私のチャイナボタンが乱れているのを見て、なんとも言えない表情になる。

「あいつ……っ！　あの欲求不満野郎！　次に会ったら一発殴ってやる！」

「馨、馨、落ち着いて。どうどう」

馨のジェラシーはわからなくもないけど、凛音はあの時それどころでは無かった。

「凛音は私たちを助けてくれたじゃない。伯爵夫人とか言う吸血鬼の女に、かなり血を吸われて弱ってたんだから」

あの時、凛音が仲裁に入ってくれなかったら、騒ぎは大きくなっていたかもしれない。

「あの子……赤の兄弟で、何をしようとしているのかしら」

凛音の行動は訳がわからないことも多いけれど、全て茨姫に繫《つな》がっている。

私はそう思っていたが、これは思い上がりだろうか。

あの子が真に求めているものは、何なのだろうか……

「って、津場《つば》木茜《きあかね》は何してるの」

「お前たちのお家騒動を黙って聞いてるほど暇じゃないからな。寝てる間に刺客が入ってこねーよう、部屋に結界を張ってるんだ。あ、夕飯の弁当、そこにあるから」

夕飯、という単語にグーとお腹を鳴らす私。

さっそく陰陽局《おんみようきよく》が用意していた横浜名物・崎陽軒《きようけん》のシウマイ弁当にがっつく私。

食後のデザートには月華《げつか》棲《せい》特製の月餅《げつぺい》を食べて、温かなジャスミンミルクティーを飲んで、シャワー浴びてさっさと就寝した。

明日は、血も体力も全快させて挑まなければならないから。

○

燃え行く帝都の真ん中で、佇《たたず》む一人の女の鬼。

何も取り戻せなかった。

これだけ戦い続けても、あのひとを見つけてあげられなかった。

苦しい。寂しい。

幸せだった日々に戻りたい。

もう一度、あのひとに会いたい。

叶《かな》わぬ願いに嘆き悲しむ、哀れな悪妖《あくよう》。

そこは浅草《あさくさ》。私が最後に行き着いた終焉《しゅうえん》の地。

あの男に負け、全てを諦《あきら》め、絶望を許し、私は来世の幸せだけをひたすら願った。

そのまま沈んで、沈んで、沈んで――

愛《いと》しい人の刀を抱いて、暗い死の床へと、私は沈んだ。

◯

「……っ」

息を荒らげ、起き上がる。

「まただわ。またあの夢……ここ最近、毎晩見る」

夢には意味がある。とりわけ、霊力の高い者の夢は。

夢は、悪妖時代の私を見せつける。それが何を意味しているのか考えたくもないけれど、私に何かを知らせようとしている気がする。

正直なことを言うと、怖い。

大切なものを失ってしまうかもしれないという、この局面で見る過去の夢は、とても怖い。

あんな思いはもうしたくないだろう。

だったら、選択を間違えるな。

かつて深い闇に身を落とした自分自身が、夢の向こう側でそう言っている気がして。

ベッドを降りて隣の部屋へと行き、用意されていた水差しからグラスに水を注ぎ、飲み干した。コロコロと喉《のど》を通る潤いが心地好《よ》く、熱を帯びた体を冷やす。

現実はとても静かだ。やっと少し、落ち着いてきた……

ふと、月明かりがやけに明るくさしていることに気がつく。バルコニーの窓を開け、宝石をちりばめたような星空に目を奪われた。

月光が眩《まぶ》しいくらい。月影が大海原を横切ってキラキラした道を作っている。

「眠れないのか、真紀」

いつの間にか、隣の部屋のバルコニーから馨が顔を出していた。

と思ったら、隣のバルコニーからこっちに飛び移ろうとする。

「ちょ、ちょっと危ないわ！　暗くて広い海に落ちても、私、助けられないわよ？」

「その時は自力でどうにかするさ」

そして、当たり前のように軽々飛び移る。さすが元大妖怪《ようかい》……

「馨も眠れないの？」

「まあな」

隣に立つ馨は、淡白な返事だった。

だけど、いつもと違う世界に足を踏み入れた戸惑いや、今後への不安が、夜になって出てきたのかもしれない。

私のように、過去から繋がる様々な思いやしがらみに、魘《うな》されて起きたのかも……

「そうよね。色々考えてしまうわよね。今までの事件と違って、何人もの大切な人たちの命がかかっているんだもの」

「心配、だよな」

「ええ。……特に組長がね」

ぬらりひょんのおじいさんは、捕われた浅草地下街の皆についてもう命はないと言っていた。

確かに、組長たちが捕われているのなら、彼らを生かしておくメリットは敵側に無い。

今この時も、酷《ひど》い目にあっていたり、命を脅かされているかもしれない。

すぐに助けに行ってあげられないことが、もどかしい。

「組長たちは、生きているよ。俺には何となくそう思える」

「どうして？」

「こんなところで死ぬべき人じゃない。何より、強力な浅草の七福神の加護がついている。長年、徳を積み上げているからな」

馨は私を安心させるために言ったのかもしれない。

だけど、何だかそれは、とても説得力のある言葉のような気がした。

「そうね。浅草の神様たちが、組長を見捨てるはずないもの。あの人に酷いことをしたら、天罰が下るわよ」

「ああ。だが身動きが取れないのは確かだろうから、明日島《あした》に上陸したら、計画を実行して、すぐに助け出そう。明日は、一人として取りこぼすことなく救いたい」

「…………」

一人として取りこぼすことなく救いたい、か。

それはなんだか、かつての大江山《おおえやま》での、シュウ様を彷彿《ほうふつ》とさせる言葉だった。

私たちがこれからしようとしていることは、もしかしたら、あの時代から続く、酒呑童子《しゅてんどうじ》と茨木童子の誓いに準ずることなのかもしれない。

「真紀。俺は、今とても不思議な気持ちだ。時代も状況も違うのに、今回の事件はあやかしを助けようとして人間たちと戦った、かつての日々を思い出してしまうよ」

かつて、私たちは人間が嫌いだった。だって、あやかしを追い詰めるから。

「だけど、あの頃とは少し違うわね。敵には人もあやかしもいて、味方にも人やあやかしがいる。いいえ、かつてからずっと、そうだったのかもしれない。何もかもを人間とあやかしというもので隔てていたから、私たちは破滅の道を歩んでしまったのかしらね」

「そうかも……しれないな。だが、今の俺たちはあの時代になかった選択肢を、少しずつ増やしている気がする。人間に生まれ変わったことで、手に入れたものは確かにあると思う」

自らの手を見つめる馨。

静かな口調だったが、その言葉は確かに熱を帯びていた。

あの時代に無かった選択肢を手に入れている、か。

確かにその実感はある。だってあの頃は、陰陽局のような退魔師の組織と協力するなんて考えられなかった。今は彼らがとても頼もしいのに。

そう思うと、不安も少し和らいできた。大丈夫。私たちが皆を助け出すのだ。

顔を上げると、馨がじーっと私の首筋に視線を落としていた。

「ああ、噛《か》まれた傷跡？　もう大丈夫よ、スイがいつも持たせてくれる傷薬があるでしょう。あれ持ってきていたの。寝る前に塗ったから、明日にはもう治ってるはず……」

「馨……」

その時、馨がふと私の髪を払ったと思ったら、覆いかぶさるように私を抱きしめ、そのまま傷口にキスを落とした。

「か、馨⁉」

あまり馨らしくない行動だ。驚いたせいか体が強張《こわば》ってしまったが、そのまま馨の腕の中にすっぽり収まっているのも悪くない。

「にっがい……っ」

「うん。でしょうね。スイの傷薬たっぷり塗ったって言ったでしょう」

「ったく。凛音の野郎がつけた噛み傷に、水連《すいれん》の野郎の苦い薬か。茨木童子の眷属《けんぞく》どもがこぞって俺を邪魔しているようだ」

「なあにそれ。あんたって意外と独占欲強いのね。普段は眷属たちに対しても、余裕そうにしているのに」

「あー、そりゃ余裕ぶってるだけだ。その傷は流石に、冷静じゃいられなかったよ」

「……馨」

私はぎゅっと馨の腰を抱きしめて、胸に顔を埋めた。

「大丈夫。私の愛が尽きることなんて無いのよ」

それは時として数多くのあやかしに向けることもあるが、馨への愛情はまた別物。

別物であり、最も恐ろしく尊いもの。

あなたを愛することがなかったら、私はそもそも、ここにはいない。

あなたを愛することがなかったら、あの時、もっと楽に死ねたでしょう。

まだ、馨の知らない私がいる。

酒呑童子への愛に狂い尽くした私を、いつかあなたは知るでしょう。

「あのね、馨」

「……ん？」

「あ、あの……」

今なら、過去の話ができる気がした。

しかし口を開いても、話したかったことが、その言葉が、一つも出てこない。

背後で、かつての茨姫が私を睨《にら》んでいる気がする。

お願い。言わないで。その人にはまだ、知られたくない――

「う、ううん。そろそろ眠くなってきちゃったわ」

「もう、室内に戻ってゆっくり眠れ。お前、貧血気味なんだから」

「うん。馨も津場木茜を起こさないようにね」

そしてお互いの部屋に戻る。

それからはもう、怖い夢を見ることなく、ぐっすり眠れた。

翌朝、黄家のキョンシー〝春麗《しゅんれい》〟が紹介チケットの束を持って帰ってきた。

月華棲の出入り口で私たちを案内してくれた、幼い女の子だった。

「流石は春麗叔母《おば》さん！　闇討ちはお手のものだネ」

「ナイトパーティーで得た情報通り、茨木童子狙いの連中から奪ったネ。でもまるで相手にならなかったヨ」

幼い姿でも、黄炎さんの叔母さんか……

紹介チケットがなくとも、クルーズ船から降りれば会場入りはできるが、いざという時のために回収しに行ったのだとか。

手持ちのチケットと合わせて、五十枚ジャスト。抜かりのない一族だ。

第五話　宝島オークション

狭間《はざま》結界により作られたその島は、通称・宝島《たからじま》という。

辿《たど》り着いたのは出航した翌日の夕方で、我々は島に上陸した後、中心部にある巨大な屋敷に連れていかれた。

クルーズ船から下船することができた者は、乗船した者の半分くらいと言われている。

なぜって、昨晩のうちにごっそりやられちゃったから。紹介チケットの奪い合いでね。

「でも黄炎《こうえん》さん、私たちは競売に参加するわけじゃないのに、どうして五十枚もチケットを集めたの？」

「それはネ、カタログを貰《もら》うためだよ」

「カタログ？」

ここは青桐《あおぎり》さんが説明してくれた。

「紹介チケットの枚数で、貰えるカタログのランクが違うんです。ブロンズランクのカタログが欲しい場合は、紹介チケット五枚。シルバーランクのカタログが欲しければ、紹介チケット十枚。ゴールドランクの紹介チケットが欲しければ、紹介チケット三十枚。ダイヤモンドランクのカタログは五十枚用意していないといけません。そのカタログを持っていれば、カタログに掲載されている品物の競りに参加できるというわけです」

続けて、黄炎さんが、

「我々は競売には参加しないけれど、何が出品されるのかは知りたいからネ。ダイヤモンドランクが一冊あれば十分。これは全てを網羅しているやつなんだョ」

会場は広いホールになっており、手前に舞台がある。あそこに、今日競りにかけられるあやかしや人外たちが出てくるのだろうか。

また段差のついた座席に小さなモニターが備わっていた。

モニターには品物の詳しい情報と、最低落札価格が表示されるらしい。

カタログにも書いてあることと、商品が前に現れて初めて出てくる情報もあるとか。

競りに参加する際は、このモニターを使うらしい。

「ねえ青桐さん。私少し不思議だったんだけど、ここにいる人間たちってみんな見えてるの？　あやかしや、海外の妖精《ようせい》とか魔物も」

「もともと人魚のように人の目に映ってしまう存在もいますが、一般人に見えない存在も多々出品されます。その場合、一般人は見える特殊なメガネをかけて見るのです」

「ああ、サングラス着けてる奴が多いのは、ワルが多いからってわけじゃないのね」

「とは言え、基本的には見える人間だからこそ、このオークションに辿り着くのではありますが。嘆かわしいことにフリーの退魔師なども、こういったオークションに参加して、強力な使い魔や式神を得るのです」

青桐さんがその手の連中を心底許せないと思っているのは、漏れ出る霊力でなんとなく分かる。

「おい、お前がいるぞ、茨木《いばらき》」

カタログをパラパラ見ていた津場木茜《つばききあかね》が、私にあるページを見せてくれた。

本当だ、私がいる。綺麗《きれい》な着物を着せ付けられて写真撮られてる。

この美貌《びぼう》、きっと誰もが私を欲しがるのではないだろうか？　いや、由理《ゆり》を⁇

あ。少し前のページにはスイがいる。中国時代の水蛇の伝承なんかと一緒に紹介されている。茨木童子《どうじ》の生まれ変わりの娘とセットがオススメとか書かれている！

「ん？　この、最後のページのシークレットって何かしら」

アイテム名は「?」で隠されており、何が何だかわからない。

「この手のオークションには必ずシークレットアイテムがあるんだョ。多分オークションの終盤に出てきて競りにかけられる。情報の出回っていない商品の競売は、貴重な品であることが多く、誰もがアドレナリン出まくってるから熱い競りが展開されるョ。それで身を滅ぼす奴もいるとかいないとか〜」

黄炎さんが後ろの席からひょこっと顔を出して教えてくれた。

「人外オークションって一日でどれくらいお金が動くものなの」

「最低で五十億ドル、最高で二〇〇億ドルって言われてるョ」

「に、にひゃく……おく……？」

「待てよ真紀《まき》。一応言っておくが、単位は円じゃなくてドルだからな」

「え？　何？　ドル⁇」

数字がでかすぎてもはや円でもドルでもどうでもいい私と、計算を始める馨。

一般人では考えられない規模のお金がここで動くということで、緊張感が増してきた。

セレブやマフィア、大物妖怪《ようかい》たちが、一つの空間で一夜の闇のオークションを楽しむのだ。

各々の欲望を満たすために、命あるものをアイテムなんて呼んで、売り買いして。

それはなんて、ぶち壊してやりたい宴《うたげ》でしょうね。

「うずうずして来たわ、馨」

「殺気ダダ漏れだな」

「だって、浅草《あさくさ》を出てこんなところまで来たのよ。周りはみんな敵だらけ。私たち、今夜ここで、千年前みたいに暴れるのよ」

大切なものを取り戻す。

もう二度と手を出したくないと思えるように、参加者たちの欲望をぶっ壊したい。

「レディースエンドジェントルメーン！」

会場が暗くなり、ステージの中央にスポットライトが当たる。

「今宵もお集まり頂き感謝感激雨霰《あられ》にゃーっ！　司会進行はこの〝金華猫《きんかびょう》〟ですにゃ」

そこに立つのは、裾《すそ》の短いスパンコールドレスを纏《まと》う、アイドル風猫耳猫尻尾《しっぽ》の少女。

「金華猫様だ」

「なぜあのお方がこんなところに」

「バルト・メローと関係が？」

周囲はざわざわと騒がしい。

金華猫。有名な中国の大妖怪だ。

そして私は知っている。彼女が、ミクズの配下であることを。

「まずはー、ブロンズランクのアイテムからだにゃーっ！」

落ち着いた暖色のスポットライトの下、ブロンズランクのアイテムが一つずつステージで紹介される。

ブロンズランクはあやかしたちではなく、曰《いわ》く付き骨董《こっとう》品や、歴史的価値のある霊的遺産、能力付きアイテムがメインのようだ。人食い壺《つぼ》、動く絵巻物、魔女の呪いティーセット、錬金術で生み出した宝石、化け貝の真珠、エジプトで発見されたモノリス、不死鳥の尾羽、など。奇妙で珍しいものが次々出てくるから、私も思わず見入ってしまう。

だけど最後に出てきた品に、誰もが「ヒッ」と小さな悲鳴をあげた。

「こちらは16世紀に作られた拷問器具アイアンメイデン！　出品者は何を隠そう、血の伯爵夫人の異名を持つ吸血鬼バートリ・エルジェーベト様ですにゃ〜。数多くの若き乙女の血と痛みと悲鳴を吸い尽くしたマジモンのマジ。はい競って競って〜」

ガンガンに競り上がる金額に、別の席から聞こえてくるあの吸血鬼の高笑い。

なんだかんだと彼女のファンは多いようで、アイアンメイデンは現在最高額で競り落とされた。

続いてシルバーランクの競売が始まる。

スポットライトは雪のようなキラキラした白銀色に変わり、同じ色のドレスを着た女性が、小さなワゴンを押して四角い檻《おり》を舞台の中央に運ぶ。

覚えのある喚《わめ》き声だと思ったら、浅草の手鞠河童《てまりかっぱ》たちだった。

「おやめくだしゃいでしゅ〜」

「隅田川《すみだがわ》の手鞠河童は生臭い磯臭い小汚い。最悪でしゅ〜」

檻をカジカジして、そこから出ようと喚く河童たち。

みんな、ボロボロに泣いて震えている。

「……っ」

早くそこから助け出してあげたい。その気持ちが逸《はや》り、立ち上がりそうになった。

だけど馨に「まだ我慢だ」と言われて、手を握られる。

我慢。まだ、暴れるのは、我慢。

「にゃははっ、威勢がいいのです。日本の小妖怪・手鞠河童。河童はお馴染《なじ》みですが、手鞠河童はご存じない方もいらっしゃるやもしれませんにゃ」

金華猫は、手鞠河童を檻から一匹取り出し、ムニムニと片手で握ってみせる。

「ご覧ください。日本妖怪界のスライムと呼ばれるほどのプニプニボディを！」

「あぎゃー。やめるでしゅ～。雑魚《ざこ》だけどスライムじゃないでしゅ～」

「ご覧の通り言葉を喋《しゃべ》ります。愛玩《あいがん》妖怪としても近年特に人気が高いのですにゃ。また小さなりしてたっぷり栄養が詰まってますから、式神や使い魔などの生き餌《え》にも最適。特に浅草、隅田川の手鞠河童は栄養価が高く一級品にゃ。お試しあれ～っ！」

思いのほか勢いよく競りの値段が上がっていく。見た限り、フリーの退魔師やその手のマニアに人気があるようだった。

このように、シルバーランクは低級から中級の人外生物がメインとなる。

化け狸や雪女、一反木綿《いったんもめん》に一《ひと》つ目《め》小僧《こぞう》など、浅草で攫《さら》われたあやかしたちも次々に紹介され、競り落とされていった。

強烈な印象を残したのは、アメリカで捕われたという狼人間の男が、檻で暴れて鞭打《むちう》ちされる様子だ。同族のルーは自らの過去を思い出したのか、小刻みに体を震わせていた。

それは恐れと、怒り。両方の感情によるものだろう。

「ルーさん、大丈夫ですか」

そんな彼女に、青桐さんが声をかける。

「あ、ああ。すまないアオギリ、私……っ」

「何も心配いりません。この者たちには、どうせ天罰が下りますから」

青桐さんの言葉は淡々としていて静かなものだったが、彼もまた〝我慢〟しているのが良くわかる。ルーはそんな青桐さんの言葉に落ち着きを取り戻す。彼女が青桐さんに信頼を寄せるのも、分かる気がした。

さあ。シルバーランクの商品の競売が終わり、いよいよゴールドランクとダイヤモンドランクの商品が入り乱れて競りにかけられるようだ。

「ここからは、今までとは段違いの貴重な品物ばかりだョ。今日の客のほとんどは、ここ狙いで来ていると思っていい」

黄炎さんのいうとおり、ここからは世界各国の、貴重な人外生物、幻獣、魔物、妖怪等が、派手な演出と解説、華やかな装いでステージ上に現れた。

北欧の森で捕えたエルフの双子、ギリシャの森で発見されたグリフォンの子ども、北海道で発見されたコロポックル、三つ頭の犬ケルベロス……

火吹き大蜥蜴《とかげ》のサラマンダーが、檻の隙間から客席に向かって盛大に火を噴き、一時会場が熱気に包まれ、雪女が会場の冷却に駆り出される騒動もあった。

その後、パッとスポットライトの色が変わった。

色とりどりの光が入り乱れ、特別感が演出される。

「さあさあさあさあ、お待ちかね！　次はバルト・メローの超お得意、麗しき人魚たちの登場だにゃ〜っ！」

会場の熱気は最高潮に達する。人魚を目当てに来ている者の多さが窺《うかが》える。

「最近じゃめっきり減ってしまった人魚〜美味《おい》しそうだにゃ〜。はっ、違う違う」

現れたのは、美しい人魚が三匹と、七色の鱗《うろこ》を持つ珍しい人魚が一匹。

それぞれに値段をつけ、競り落とそうとする人間たちの血眼の形相を、私は自分の中にふつふつと沸き起こる感情を殺しながら、睨《にら》みつけていた。

前に、スイに連れて行かれた立川《たちかわ》の屋敷で出会った、人魚のレイヤを思い出す。あの子も人魚市で競りにかけられていたと聞いた。

見た目の美しい人魚たちは泣きながら解放を願うが、誰もそんな姿は気にしない。

数が減ってきたとあって、高値でも買いたいと思う者がここには集まっている。

この手の世界では美しい人魚を買うのがステータスらしく、そのせいで人気が集中するのだとか。

馬鹿げた話だ。他者に自慢したり、優越感に浸るために命を買うだなんて。

怒りが募りすぎて、吐き気すらしてくる。

早く。早く。早く、こんな場所ぶっ壊して、みんな浅草に連れて帰るから。

だからもう少し。もう少し……っ。

「おい、真紀。次がスイだぞ」

人魚の競りが過ぎるのを俯《うつむ》いて待っていたら、馨《かおる》に肘《ひじ》で小突かれ、顔を上げてステージを見る。

スイ……いよいよ、スイが競りにかけられる。

スイは手錠をかけられただけの状態で、スタスタとステージの中央に出てきた。

彼に呪杖《じゅじょう》を突きつけていたのは、あのライという狩人《かりゅうど》だったが、スイを定位置まで連れてくるとすぐに引き下がる。

スイは、霊力を封じられているようだ。だがスポットライトを浴びた彼は、

「えー、神すら恐れず悪趣味なオークションに興じる皆さん、こんばんは。俺はあやかしで水蛇で、茨木童子の元眷属《けんぞく》・水連《すいれん》でーす！」

なぜか愛嬌《あいきょう》のある笑顔で、テンション高めな自己紹介。

私たちも、会場の人間たちも、ポカン。

「アピールポイントといえば、マダムに人気間違いなしのこのルックスと、千年以上蓄積した豊富な薬学の知識と、何と言っても日本の大妖怪・茨木童子様の元眷属っていう肩書

きと、半神格を持つ珍しい大妖怪ってことだね。世界征服するつもりなら相談に乗るよ〜」

突然始まったスイ劇場。狩人が再び出てきて「ふざけるな貴様」と呪杖を喉元《のどもと》に突きつけ脅すも、スイは「プレゼンは大事だよ〜」と呑気《のんき》に語ってる。まるでコントだ。

「おい真紀、お前の元眷属なんか自分を押し売りしだしたぞ」

「い、いったい、何を考えているの、スイ」

こちとら、ハラハラ。話術で他人を翻弄《ほんろう》するのはスイらしいけど、時と場合ってもんがあるでしょう！

「にゃー……売り物にしちゃあテンション高めですが、こちら浅草で捕えた中国の大妖怪・水蛇ですにゃ。もう勝手に自己紹介しちゃったけど、何を隠そうかの茨木童子の元眷属で、千年以上を生きてる格の高い存在ですにゃ。そして〜」

金華猫がニヤリと笑みを作ると、モニターの画面が急に切り替わる。

SECRET――――そう、でかでかと表示されている。

「はい出ました〜っ！　ここで突然の〝シークレットアイテム〟ですにゃ！」

会場が騒《ざわ》つく。普通ならスイの競りが始まるところだが、もくもくと広がるスモークの演出の中、ステージの床が音を立てて開き始めたからだ。スイが慌ててその場を退き、あの狩人も演出の邪魔にならないようステージ脇に引っ込む。

「ご安心ください。次のはちょーっと訳ありで、ステージに上げるのも大変なんですにゃ」

下から現れたのは、鉄の鎖と柱で固定された痛々しい〝藤の木〟だった。

世にも美しい薄紫色の花房を無数に垂らし、根元には少女が佇《たたず》んでいる。

お人形のようなフリルのついた衣装を纏う、藤色の巻き毛の少女。

その少女の姿を見た私と馨は、しばらく絶句した。

「ねえ……どうして、あそこに木羅々《きらら》がいるの」

それは、茨木童子の四眷属の一人。藤の木の精霊〝木羅々〟に間違いないからだ。

「ゴールドシークレット。富士の樹海で発見された藤の木の大精霊。これも茨木童子の元眷属で、大規模な結界守護の力と付与の能力を秘めているにゃ。あと見た目がとーっても可愛いにゃ。金華ちゃんも好み〜」

藤の木を背負う〝木羅々〟の壮大な存在感には、誰もが目を奪われていた。

しかし当の本人は、

「あーん、嫌だー。ボクが美しいからってこんな奴らに売り飛ばされるなんて嫌だー。キモい野郎にフリフリした服を着せられて、あんなことやこんなことをさせられるんだわー。嫌だー屈辱だー。死にたい、死にたい！」

美少女姿で突っ伏し、床を叩《たた》いて泣き喚いている。スイが駆け寄り「おーよしよし」と木羅々を慰めると、今度はスイに縋《すが》って大泣きしていた。

「ねえスイ君、ボクたちどうなっちゃうの？　死にたいけど死ぬ前にせめて、大江山《おおえやま》のみんなに会いたいのよ。可愛い茨姫《いばらひめ》、もう一度あの子に会えたなら、ボクは……っ」

木羅々。

今すぐそこへ行って抱きしめてあげたい。

私はここにいるからと、大丈夫だと言ってあげたい。

馨は今にも飛び出さんとする私の手を、強く握って引き止めてくれている。

そう、まだだ。まだ、私が出て来ていない。だけどもう我慢も限界に近い……っ。

「あー。なんか茨木童子の元眷属ってやつはナルシストが多いですにゃ〜。感傷に浸っちゃってますけど、ここでまた一興。彼女の願いを叶《かな》えて差し上げることにするにゃ！」

「!?」

スポットライトの色が、今度は金色から、強烈な光を放つダイヤモンドの輝きに変わった。

ざわつく客に向かい、金華猫は声を張り上げる。

「スタッフぅー、アレを連れてくるにゃー」

スイと木羅々がここにいる状態で、別の狩人に連れられて出て来たのは、私。

いや、私に化けた、由理だった。

星屑《ほしくず》のように降り注ぐ光の下で、純白のシンプルなワンピースドレスを纏《まと》い、赤髪を引き立てる青い薔薇《ばら》を飾って佇む。

その美しさたるや、同じ顔した私もうっとり。

「さすがは由理だ。絶世の美少女だな」

「あんな可憐《かれん》な子を攫うなんて、きたねえ奴らだ」

「馨、津場木茜、隣に同じ顔のひといますけど」

由理は私に化けつつも、憂いを込めた不安そうな顔をあえて作り出していた。

だからこそ、余計に儚《はかな》げな美少女に見えるのでしょう。

ただ、同じステージ上にいたスイと木羅々の仰天顔は尋常じゃなかった。

彼らは私がオークションに出品されることを知らなかったのだろう。

私の姿をした由理は、彼らに向かって小声で何か囁《ささや》き、口元に指を添えている。それは一瞬のそぶりで、会場にいる者たちには何がなんだかわからなかったでしょうけれど。

多分、彼は伝えたし、スイも木羅々も気が付いた。

あれが〝私〟ではないと。

「目玉目玉も大目玉！　人外オークションに人間のお嬢さんを連れて来ちゃったなんて、我々もすこぶるワル！　にゃはは」

ぴょこぴょこ飛び跳ねながら、金華猫は場を盛り上げる。

「でもただの娘じゃありませんよ。彼女はかの有名な日本の大妖怪《ようかい》、茨木童子の生まれ変わりだにゃ！　飼うもよし嫁にするもよし、血を絞り出して啜《すす》るもよし、丸焼きにして食べるもよし。茨木童子は超危険な破壊の力を秘めており、手懐《てなず》ければ強力な下僕《しもべ》にできるでしょう。一方その血は極上の雫《しずく》。飲めば人もあやかしも強大な力を手にいれると言うにゃ。さあ、この三組は纏め買い優先！　競売スタート～っ！」

ここでやっと、スイと木羅々と茨木真紀の競りが始まる。

三人纏め買いなだけあって、入札価格は最高規模で上がり続ける。

「…………」

私には、この光景の意味が、さっぱりわからなかった。

ここにいる者たちは、茨木童子という鬼に、一体何の幻想を抱いているのだろう？

「あっはははははは！　すっごい額だねえ。いいよいいよ、理性の箍《たが》を外してイカレ尽くしちゃってくださいよ。あっはははははは！」

跳ね上がる数字を目にし、スイは高らかに嘲笑《あざわら》う。

だが彼は、笑うだけ笑ってスウッと感情のない虚無の眼差《まなざ》しになり、

「……でも愚かだ。俺たちだけでなく、茨木童子様にまで値段をつけようとしている」

先ほどのテンションからの落差は激しく、声音も霊気も、一気に冷める。

「本当は、こんな場所に来る前に、気がつくべきだったよね。自らがいかに身の程知らずなことをしているか」

ゾッとするようなあやかしの怖気《おぞけ》を、ここにいる誰もが感じただろう。

さっきまで盛り上がっていた会場が、蛇に睨まれしんと静まりかえる。

「本当の〝化け物〟の恐怖をお前たちは知らない。何も知らない。慈悲深くお優しい、それでいてこの世で最も美しい、あの方の愛と恐怖を。お前たちは今から、きっと後悔するだろう。世界で一番尊い方を両目に焼き付け、そして死ぬほど後悔するがいい！」

そう言い切った直後、スイはあの〝ライ〟という狩人に呪杖で殴られ、地に組み敷かれた。

「いい加減にしろ、化け物。喉《のど》を掻《か》き切って口をきけなくしてやるぞ」

スイは額から血を流し、なお、勝ち誇ったような顔をして笑っている。

なぜならスイは、ちゃんと会場の中の私を見つけて、私を見ていたから。

準備はいいかい、とでも言うように。

私と馨は目配せし合うと、混乱の中、例の薬を静かに取り出し、飲み干した……

「えーと、その……いいでしょうか」

この時、今まで黙っていた私の姿の由理が、申し訳なさそうに挙手した。

「なんですか茨木真紀。あの水蛇のようにぶん殴られたいのですかにゃ？」

「いや、その違うんです」

今度はここにいる全ての者の耳に届くよう、言霊に乗せて、由理は告げた。

「僕、違うんですよ。茨木真紀じゃあ無いんです」

直後に由理は、青白く美しい羽を巻き上げて、変化《へんげ》の術を解く。

現れたのは、星屑のスポットライトを支配し、月光を彷彿《ほうふつ》とさせる光の下に佇む、麗しい鵺《ぬえ》だった。長い羽衣は清らかな霊力に揺れ、そのあやかしは微笑をたたえる。

金華猫も、側にいた木羅々も、会場の誰も彼もが、予想外の展開にあっけに取られ、一気にざわついている。

「にゃ、にゃにゃにゃ⁉ どうしてどうして⁉ あやかしが化けているかどうか、ちゃんと調べたのに⁉」

「ああ、あの甘露よもぎの煮汁のこと？ 僕はあれごときで正体を暴かれることはない。そう簡単に化けの皮が剝《は》がされないことも含めて、化けの天才と呼ばれていたのだから」

由理は口元に指を添え、クスッと笑った。少し、悪い顔だ。

「チッ。なるほど貴様の正体見たり。化けの天才〝鵺〟か……っ」

金華猫はすぐに由理の正体を見破る。そしてどこかの誰かに目配せして、何か囁いていた。

その表情は、今までの可愛らしいものからは一変している。

会場からは罵声《ばせい》が飛び交う。

「どういうことだ！」「本物の茨木童子の生まれ変わりはどこだ」「責任者を出せ！」「地中海に沈めてやるぞ！」などなど、お決まりの文句ばかり。

「にゃ、にゃにゃにゃ、落ち着くのです皆さん。もうすぐ精鋭の狩人《かりゅうど》たちに、こいつら全員とっちめて貰《もら》いますのでー」

「ふーん。狩人、ねえ」

「にゃ？」

前触れもなくステージに上がった、謎の女。ええ、私だ。

誰もが、今度は何事かと思っただろう。

だけどこの時、私はキョンシーの変装姿でもなく、茨木真紀ですらなかった。

あの女は誰だという顔をしている無知の人間。

信じられないという顔をしているあやかし。

あとはもう、待ってましたと言わんばかりの、スイや由理。

スイを組み敷いていた狩人のライが、この状況に対処しようとしたが、由理に「動くな」と言霊で制され、その場に留《とど》まって歯を食いしばっている。

「にゃ、にゃんでお前……」

「久しぶり、金華猫。ミクズはまーたしぶとく蘇《よみがえ》って悪いこと企《たくら》んでるのかしら？」

私は皮肉たっぷりの悪い笑顔を、金華猫に向ける。

金華猫は、プルプル震える指で私を指差し、思わずマイク越しに叫んでしまった。

「にゃんでお前がここにいるんだ、茨木童子いいぃぃぃいいいい！」

再び会場がざわつき、騒がしくなった。

茨木童子？　今度は本物か、それとも偽物か？　なぜ⁇

「あははは。なぜ？　なぜですって？　あっははははは！」

私は全てを笑ってやった。この場の全てを。

我ながら、かつての茨木童子を彷彿とさせる、冷たい嘲笑《ちょうしょう》だった。

「笑わせないでよ。今、あんたたちがここで手に入れようとしていたもの全部、私がいただきに来ただけじゃない。だって私たちは大江山の山賊。ねえ、酒呑童子様《しゅてんどうじ》」

すでにステージの上に立ち、私の隣に歩み寄るのは、立派な黒髪の鬼だった。

彼もまた刀を携え、黒い羽織を翻している。

「酒呑童子、だと⁉」

「まさか……そんな、ありえない……っ」

「酒呑童子は死んだはず。だがあの、桁外《けたはず》れの霊力は……っ」

ヒソヒソ声が、徐々に徐々に大きくなっていく。

疑念と、恐怖、そしてどうしようもないほどの羨望《せんぼう》。それが募って、ガタガタと震え始めるあやかしもいる。もう逃げ出す準備をしている賢い奴らもいる。

目の前にいる美男子が、おそらく偽りの存在とは思えないほど、大妖怪たらしめる霊力を纏っているからだ。

「…………」

私と馨、いや、茨木童子と酒呑童子は向かい合い、ほんの一瞬、見つめ合った。

ああ、愛《いと》おしい我が夫、酒呑童子様。ずっとずっと会いたかった。

だけどまだ泣いてはダメ。私たちはこれから、やらなければならないことがある。

「ていうかあんた、何で登場が私よりワンテンポ遅いのよっ」

「すまねえ、途中で草履が脱げてもたついた。だが──」

恒例の痴話喧嘩《げんか》も素早く切り上げ、私たちはもう、威勢良く会場を睨《にら》む。

もう我慢しなくていい。苦しむあの子たちを見なくていい。

ここにいる全員、全員、全員──〝大妖怪〟の、真の恐ろしさを思い知るがいい。

「俺たちの名は、酒呑童子と茨木童子」

「さあ──盛大な宴《うたげ》を始めましょう！」

第六話　真紀、運命と出会う。

祭囃子《まつりばやし》の代わりに、悲鳴が響き渡る。

踊るように、逃げ惑う者がいる。

バカな、そんなはずはない。死んだはず、死んだはずだ。

ここにそいつらがいるはずない……っ！

誰もがそう思っているはずなのに、恐れてしまう。

当然ね。確かにその二匹の鬼は死んだけれど、私たちはその生まれ変わりで、姿さえ同じなら、ほぼ〝同じ〟だと思うもの。

気圧《けお》される者がいたなら、そいつらも確かな実力者であるということだ。

何もわかっていないのは、あやかしの恐ろしさも理解できていないままここにいる、愚かな人間たちだけ。金華猫《きんかびょう》なんていつの間にか逃げた。

存分に、痛い目を見るがいい。

ここに連れてこられた、かわいそうな者たちと同じくらい。

「茨姫《いばらひめ》？」

背後から、私の名を囁《ささや》く可憐《かれん》な声があった。

「茨姫、なの？　ボクは、夢を見ているのかしら」

木羅々《きらら》だ。彼女は自らを縛る鎖を引きずりながら、私の方へと這《は》ってきた。

「夢じゃないわよ、木羅々。この姿は偽りでも、私は〝本物〟。私はここにいるわ」

胸に手を当てて、勝気な笑顔を木羅々に向けた。

彼女にはわかるはず。私が〝私〟であることが。

「ずっとずっと、あなたに会いたかったわ、木羅々。あなたを忘れたことなどなかった」

「ボクもだよ、茨姫。あなたが死んだと聞いて苦しかったけれど、ボクは待つのは得意だもの。いつか会えると思ってた。でも意外と早く、あなたに会えたのよ」

千年前。大江山《おおえやま》で咲き乱れていた、巨大な藤の木。

それは〝鬼藤〟と呼ばれ、近づく者たちの生気を吸い尽くす魔性の権化だったが、宿る精霊は寂しがり屋でおしゃべりで、思いのほか優しい子だった。

『みんなみんな、壊れてしまうの、だから来てはダメ。こんな場所に国を作ろうだなんて、馬鹿げたことを考えるのはやめるのよ──』

そう忠告した藤の精霊に、茨姫は毎日会いに行った。

話を聞いて、語り合って、時に喧嘩もしたけれど、徐々に打ち解けていったのだ。

木羅々にとって茨姫は最初の友人であり、最愛の娘のような存在だった。

逆に思われることが多いけれど、木羅々にとって、茨姫は娘。

我が子も同然の愛を注ぎ、その理想を見守り、後押しするために仕えた眷属《けんぞく》――

「動くな」

無数の銃口がこちらに向けられる音がした。銃を持った黒服たちが、会場の後ろの扉から一斉に突入してきたのだ。

最悪なことに、狩人《かりゅうど》のライがスイを盾にしている。

由理《ゆり》の言霊を破り、身動きが取れるようになったのだ。なんて奴だ。

「その杖《つえ》、確かに痛いけど俺は殺せないと思うよ」

「黙れ。首を切り落とすぞ」

スイの首に突きつけていたライの呪杖《じゅじょう》は、その形を刀に変える。あの黒い刀だ。

複数の形状を持つ武器のようだ。

「撃て」

ライが命令すると、黒服たちは私たちに向かって容赦無く発砲する。

銃声はしばらく鳴り響いた。

「……‼」

しかしその銃弾は全て、見えない壁によって弾《はじ》き飛ばされた。

まるで無重力空間のように、ふわふわと宙に浮いているのだから、撃った奴らもびっくり。

淡々と唱える馨《かおる》の声だけが響く。

「開け、狭間《はざま》結界──〝影刺しの国〟」

周囲の景色が一気に変わる。

そこは華やかなオークション会場ではなく、地平線上に巨大な太陽が浮かぶ、何もない真っ白な世界だ。

馨が片手を掲げ、軽く下にスライドさせると、浮いていた無数の銃弾が雹《ひょう》のごとく真上から落下しこの場にいた者たちの影を撃ち抜く。

ライだけがスイを手放し素早く避《よ》け、馨の狭間結界に巻き込まれないよう、この場から退散した。

流石の逃げ足の速さだ。ついでにライを狙った弾丸は、奴が手放したスイの手錠を撃ち抜き、彼を解放した。

それにしても……

これは影を縫い付けられ、動きを封じられた、滑稽《こっけい》な悪党どもの見本市。

彼らはもがけばもがくほど自らの影に食われ、バリバリ音を立てて飲み込まれていく。

まるで蟻地獄《じごく》のようにね。
あちこちから痛切な悲鳴が聞こえるが、私も助けてあげようとは思わない。
だってその影こそ、自らの欲望そのものだもの。欲望の大きさに比例して、オークショ
ンに参加していた誰も彼もが恐怖を体感している。
気持ちを強く持ってね。でないと精神がやられてしまうから。
「影刺しの国……懐かしいタイトル付きの狭間結界を持ち出してきたわね、馨。昔は戦場
に散らばった刀で影を刺してたけど」
「酒呑童子《しゅてんどうじ》時代に作った、自業自得という死の疑似体験ができる狭間だ。こいつらにお灸《きゅう》
を据えるのならちょうどいいだろう」
なるほど。えぐい。
馨は次に、手のひらの上で別の小型結界を作っていた。巨大な藤の木を保護しなければ
ならないからだ。
「囲め」
四角い結界が巨大な木を一瞬で閉じ込め、一気に収縮。
それは手のひらサイズの透明のキューブとなり、馨の手中に収まっている。大きなもの
を持ち運ぶのに、馨の結界術は超便利。
「この中で少し待っていてね、木羅々。すぐに出してあげるから」

透明キューブの中にいる木羅々は、こくんと頷《うなず》いて大人しくしていてくれた。まるで小さな妖精《ようせい》のよう。

――さあ。主な作戦はここからだ。

〈あやかし奪還作戦～悪いヤツみんなぶっ倒す～〉
・横浜でオークション会場に向かう船に潜入（私、馨、青桐《あおぎり》、ルー、津場《つば》木茜《きあかね》、黄炎《こうえん》）。
・島に上陸後、オークションに参加。タイミングを見て場を混乱させる。
★宝島《たからじま》の所有権を馨が乗っ取る（最優先）。
・各々、臨機応変に敵をぶっ倒せ。↑ここ私の頑張りどころ

私は当初の計画（私のメモ）を思い出す。第一段階、第二段階はすでに終了し、次が最も大事な任務となる。

鍵《かぎ》になるのは、馨の能力だ。

ここにいる者たちが動きを封じられているうちに、私たちは会場を出て、馨が狭間結界で作られたこの島の所有権を乗っ取る必要がある。

その間、邪魔する者は全員ぶっ飛ばす。これが私の仕事。

馨の狭間結界がいまだ発動しているこのオークション会場は、当初の予定通り青桐さん

とルーに任せる。

「後は任せました、青桐さん」

「ええ。この場の後処理はお任せください天酒《あまさけ》君。皆さんもお気をつけて。茜君も、計画通りに」

「……わかってます」

青桐さんと津場木茜が、目配せして何かを確かめ合っていた。陰陽局《おんみようきよく》としての立場を、確認したのかもしれない。私と馨が、茨木真紀《いばらきまき》(由理)の登場のタイミングでこの姿になることは事前に伝えていたが、二人の態度は変わらず、流石にプロだなと思ったり。

お世話になった黄家の者たちは、すでにここにはいない。彼らは闇の存在で、この後に関わるとのちのち面倒なので、あとは裏方に回って影からサポートしてくれる。

私、馨、津場木茜、由理、スイ。

このメンバーで会場の外に出ると、やはりというか当然というか、悪党どもがうじゃうじゃいた……

「陰陽局の連中か。なぜここがわかった!」

「島から生きて帰れると思うな、ガキども!」

「バルト海に沈めてやるぞコラア!」

やはり悪党お決まりのセリフを、銃をパンパン鳴らしながら喚《わめ》いてる。地中海に沈めたりバルト海に沈めたり忙しいわね。こっちだって隅田川《すみだがわ》に沈めてやるぞっ！

「すうう……はああ」

私と馨は、一度大きく深呼吸して、

「せーの！」

息を合わせて飛び出した。

はい、ここからは私たちの独擅場《どくせんじょう》。大暴れなんて代名詞。

銃を持つ相手に刀を振り回し、斬って、打って、蹴《け》って、投げて、千切って、殺《や》って。

いや、殺ってはいないけど倒した輩《やから》は雑にレッドカーペットに転がして。

大昔もこうやって、大勢相手にシュウ様と暴れた。立ちふさがるものをみんなみんな倒して、道を切り開いてきた。この、酒呑童子と茨木童子《どうじ》の姿で。

「津場木茜、あんたもやるじゃない。私たちについてくるなんて！」

「たりめーだろ！　俺を誰だと思ってやがる。こんなの日常の一コマだっつーの！」

津場木茜の刀は陰陽局から預けられているという〝髭切《ひげきり》〟だが、私や馨が持っているものは陰陽局から貸し出されたもの。

陰陽局には私の〝滝夜叉《たきやしゃ》〟もあるけれど、あれはかなり大きくて扱う場所を選ぶ。

なのでもっと小回りの利く刀を用意してもらい、馨の便利空間に入れてここまで持ってきたってわけ。

「血気盛んな人たちが頑張ってくれるから、僕ら出番ありませんね、水連《すいれん》さん」

「そうですね～鵺《ぬえ》様。俺たちしばらく捕まってたし、ここはゆったりしてましょうよ」

後ろからついてくる由理とスイが、すでにリラックスモード。

「ちょっとあんたたち！　ここからが大事なのよシャキッとなさい！　私の渾身《こんしん》の計画メモを見せてあげる」

私は懐からメモを取り出し、ピッと二人に投げた。

「茨木童子の姿でＪＫっぽいメモ紙見せられるの、変な感じだね」

「しかしこれまた適当なメモを……」

「お黙り、スイ」

馨と繋《つな》がっていた由理はともかく、スイはこちらの計画を知らないでしょうから見せてあげたのに。

ただ、スイはこのメモを見て何か別のことを考えているような、そんな顔をしてた……

「おい、止まれ」

その時、先頭を行く馨が急停止した。私たちも立ち止まる。

黒服サングラスの群れを抜け、古い柱が立ち並ぶ広いエントランスに出たと思ったら、そこで待ち伏せしていたのは、見覚えのあるローブの男。

手に持つ黒い刀の刀身には、ぼんやりと赤い呪詛《じゅそ》が浮かび上がっている。

「あいつ……ステージ上から逃げたやつだな」

「奴が〝ライ〟だ。狩人の中でも特異な存在で、俺も何度か対峙《たいじ》したことがある」

因縁でもあるのか、津場木茜は警戒を怠ることなく刀を構えた。

馨の狭間結界を逃れ再び前に立ちふさがるとは。逃げ足の速いやつほど厄介なのよ。

『おほほほほ。いいですわねえ、やってくれましたねえ、狭間《はざま》の国《くに》の皆さーん』

「⁉」

頭上からアナウンスが響いた。

その声は、九尾の狐の大妖怪《ようかい》・玉藻前《たまものまえ》こと〝ミクズ〟のものだ。

『再びそのお姿にお目にかかるとは、夢にも思っていませんでしたよ我が王』

「ミクズ……っ、てめえどこにいるんだ。やっぱり死んでいなかったんだな！」

馨が天井に向かって声を張り上げた。

『んふふ。もちろん死にましたとも。あなたの狭間結界で塵《ちり》にされて死にゆく時、妾は思い至ったのです。ああ、やはり酒呑童子こそが、あやかしを導く王である、と』

何を今更なことを言っているのだろう、ミクズは。

私も文句を言ってやろうと思ったが、

『さあライ。やっておしまい。あなたが消さなければならない敵はわかっていますね』

「……はい。ミクズ様」

機械のような淡白な返事をして、狩人《かりゅうど》のライは迷いなく一直線に向かってきた。

「どけ。俺が行く！」

こちらの中で最も反応が早かったのは、津場木茜だ。足元に五芒星《ごぼうせい》を描き、敵に向かって飛び出す。しかし速さを武器とする津場木茜が、それをさらに上回る速さでライに躱《かわ》されてしまった。

「なっ、何⁉」

津場木茜は急ブレーキをかけるも、もう遅い。

ライは目を逸《そ》らすこと無く馨を狙い、黒い刀を薙《な》ぐ。

馨はそれをギリギリのところで避け、一度体を捻《ひね》って回り、ライの背を取った。

だがライは身軽に飛び退き、柱を蹴って再び馨に斬りかかる。柱が無数に立ち並ぶ広い空間というのが、ライにとって有利に働いているようだった。

あの人間離れした身のこなしを可能にしているのは、おそらく足。

普通の人間の足ではない。重力すら感じていないかのようで、どこか違和感がある。

それに…… いただけないわね。この男、私のことをずっと無視してる。

ムッとした顔して馨の前に飛び出し、私はライの振り下ろした刀を自らの刀で受け止めた。

「ねえ。あんたさっきから馨ばっかり。私のこと見えてないなら、その野暮ったいフードを切り刻んであげましょうか」

「…………」

ライは動かない。刀を斬り結ぶでも振り払うでもない。

もしかして、意外と女は斬れないとかいうタイプ？

いや、そんなはずはない。囚《とら》われたあやかしや人外生物には女もたくさんいた。

フードの向こう側に見えるのは、細い顎《あご》と、白い肌と、乾いた唇。暗い髪色。目元は隠れていて、刀に込める力も本気とは思えない。それならそれで、好都合だ。

「行って馨！　あんたにしかできないことがあるでしょう！」

「しかし、真紀！」

バタバタと足音がしたと思ったら、バルト・メローの黒服たちが数多く現れ、性懲りも無く銃を撃ち続けている。

味方すら撃ちかねない状況だ。私もライも一度お互いに刀を引き、後退する。

津場木茜が早い段階で護符を宙に放っていた。呪文《じゅもん》を唱えて防御壁を作ると、

「おい天酒、ここは茨木に任せて俺たちは行くぞ！」

「真紀をここにおいて行くっていうのか！」

「お前が進まねえと俺たちは終わりだ。何も、誰も助けられねえ。冷静になれ天酒。俺からみれば、この場は茨木が適任だ！」

流石に普段から陰陽局で任務をこなしているだけあって、津場木茜の判断は的確だ。それでも馨は私を一人にはできないと言いたげだったが、当初の目的を思い出し冷静になったのか、その言葉はぐっと飲み込んだ。

そして、

「真紀、判断を誤るな。逃げなければと思ったら、何を見捨ててでも逃げろ。お前に何かあったら、もし死んだりしたら、その時は俺も死ぬからな！」

「……馨」

馨の極端すぎる物言いに、私は思わずクスッと笑う。

「なら生きなければね。生き抜いて、ここを出てみんなで浅草《あさくさ》に帰らなくちゃ」

再び津場木茜に促され、馨は私を一瞥《いちべつ》し、走って前へ進む。それでいい。

馨は私を置いて行くのが怖いのだ。

私を一人にするということが、今の馨には呪いのように重い。

でも、こんな時だからこそ私たちは、それぞれの力を信じるべきなのかもしれない。

「頼んだわよ、二人とも」

私はここで、目の前の〝ライ〟を引き止めるのが役目だ。

この男は普通じゃない。

それは迸《ほとばし》る霊力でわかる。相手の力量を霊力で測るのはあやかしの性《さが》だ。

たとえ詳しい霊力値がわからなくても、そういう感覚は今でも冴《さ》えている。

今までおとなしく様子をうかがっていたライは、馨たちがこの場を去るのを見逃さず彼らを追いかけようとする。

「行かせないわよ。どりゃあ!」

血塗られた拳《こぶし》で側の柱を殴って倒し、連鎖的に起こる崩壊で、その行く手を阻む。

荒々しいやり方だけど、かつての茨姫らしくてちょっとスッキリ。

「出入り口は封じたわ。ここには私とあんただけ」

ライは足を止め、しばらく黙って瓦礫《がれき》の山を見上げていた。

そしてゆっくりと振り返ると、フードの向こうから私を見据える。

「茨木童子……」

「あら、喋《しゃべ》れるんじゃない。てっきり口がないのかと思ったわ。オークションをボロッボロにしやがって〜楽に死ねると思うなよ〜、くらい言ってみなさいよ」

「…………」

しかしライは無反応。

正直やりづらいわね。私の高飛車煽《あお》り攻撃が効かないとなると。

しばらく沈黙が続き、静かな睨《にら》み合いに緊張していたが、

「大人しくしていれば、命までは取らない」

「ん？」

意外な発言に、思わず首を傾げてしまった。

いや、いまだ商品としての価値を下げないように気を遣っているのだろうか。

私は目を細め、ため息交じりに。

「どうして私が負ける前提なのかしら。腹たつわねえ。あんたが私に、臓物引きずり出されるとは思わないわけ？」

「………………」

動じない、か。霊力もちっとも乱れない。

何の情報もない。口調も淡々としている。感情が読めない。

「大人しくしているつもりなんて無いのよ。だってあんたたちは、私の大切な人たちを攫《さら》っていった。値段をつけて、売ろうとした。絶対に許せないわ」

「……ならば、仕方がない」

「!?」

突風のように、再びライが私の懐に飛び込む。

いきなりだったが、私も遅れをとることなく応戦した。

刃《やいば》を交わす中で、私は尋ねる。

「ライって呼ばれていたわね。それ本当の名前？」

「あやかしに、名を答える馬鹿はいない」

「そりゃあそうだわ。って、私は一応人間なんだけど！」

こういう時、由理くらい言霊の力があればよかったんだけど。由理のは、特別な〝喉《のど》〟あってこそだからな。

「僕も……聞きたい」

刀を切り結びながら、意外にもライが私に問いかける。

「なぜ、そんな姿になっている。君は人間なんだろう。僕は人間だった君を見たことがある」

「ふふ。まあこれは化けの皮だからね……っと！」

鋭い一突きでライのフードに切れ目を入れ、頬にスッと血が滲《にじ》むのを見た。

だけど顔までは見えない。惜しい。

いったんお互いに離れ、体勢を整える。私は床に転がる銃弾を拾って「ふーん、銃弾ってこんな形してるのねえ。実物は初めて見たわ」と余裕な素ぶりを見せつけていた。

「僕は、君とはあまり戦いたくない」

「……それ、何なのよ。私のこと舐《な》めてるの？」

「違う。戦うのなら、あの男だ。僕はあの男を殺さなければならない」

あの男。馨のことだ。

なぜライが、執拗《しつよう》に馨を狙うのかがわからない。
考える暇も与えられず、ライは私の横を抜けていこうとする。
本当に俊足ね。電光石火と言わんばかりのスピードだ。
足元に稲妻のようなものが迸っている。何かの術式が施されているのか。
「ダメ。行かせないって言ってるでしょう！」
だけど私も素早く振り返り、手に持っていたものを思い切り指で弾《はじ》いた。
これはさっき拾った銃弾だ。私の血をしっかり付着させた、ね。
銃弾は私の血の力を得て、撃ち出された弾丸のごとく鋭い速度でライの足を掠《かす》る。
キ——————ン。
とても人間の足を撃ったとは思えない、金属音がした。
致命的な傷を負わせることはできなかったが、弾は床に着弾した直後、激しく爆発。
目前の床が抉《えぐ》れ、ライは直で爆発に巻き込まれた。
「…………」
柱も倒れ、もくもくと土ぼこりが舞っていた。
それが収まったと同時に、ライの足が瓦礫《がれき》の下敷きにされているのを確認する。
「悪いわね。あんたを馨のところに行かせるわけにはいかないのよ」
我ながら、淡白な声をしていた。

ゲホゲホむせてその場で血を吐くライ。

はたから見れば悪役は私ね。まあ、姿形も鬼だから、違和感ないんだけど。

「大人しくしていれば命まで取らない、ってセリフ、私も言ってあげる。降参なさい」

カラコロと下駄《げた》を鳴らして、ライの前でしゃがみこんだ。

顔を見てやろうと手を伸ばすと、彼は自由のきく腕で必死にフードを押さえる。

顔を見られてはマズいのだろうか。

「まあいいわ。なら、やっぱり名前を教えてちょうだい」

「……なぜ名にこだわる。僕の名なんて、君には何の関係も無いだろう」

「別に。あんたのことは、知らなければならない気がするだけよ」

腕から流れていた血を指でちょんと触って、ペロリと舐めてみる。

ライは確かに人間だ。性別は男で、AB型。

これといってあやかしの血が混じっている訳ではない。

「以前にも、君に名を聞かれたな……」

「……え？」

「僕は確かに、答えたはずだ」

何を言っているんだ、こいつは。

一瞬戸惑ったが、ライが何かブツブツ呟《つぶや》いていることにハッとして、私は後退する。とてつもなく嫌な感じがしたからだ。

「……嘘」

ライはそのまま、ズルズルと這《は》って瓦礫の下から出てきた。両足が無い。

いや、無いというより、元々無かった。

膝下《ひざした》は〝義足〟で、この爆発に巻き込まれたことでそれを切り離して出て来たのだ。

「〰〰〰〰、〰〰〰〰〰。〰〰〰〰〰」

ライは黒い刀を握りしめ、どこの国のものか分からない呪文《じゅもん》のようなものを唱える。

地面に六芒星が浮かび上がる。陰陽《おんみょう》術にも似ているけれど、でもかなり違う。

マズいと思ったが、もう遅い。

まばゆい光に怯《ひる》み、私は袖《そで》で目を覆った。

再び目を開けた時にはもう、ライの足には新たな義足が備わっていた。素材にしたのは、自らが使っていたあの〝黒い刀〟のようだ。

「……なるほど。その義足自体、あやかし殺しの呪術をかけた呪具だったのね。道理で人間離れした動きだと思った」

「…………」

何も答えず、再び立ち上がるライ。

何事もなかったかのような、平然とした霊力を纏《まと》って。

なんて奴だ。強い奴は今まで何人も見てきたけど、ここまで波のない霊力を持つ者も珍しい。

「次は僕の番だ」

先ほどまでとは比べ物にならない速さで、ライは私の目前に迫る。

私が受け身をとる間もなく、

「遅い」

左横腹に重い蹴《け》り。私はそのまま、真横に吹っ飛んで石柱に激突した。

「ガ……ッ、ハッ」

口の中で、自らの血の味がした。

なんて力だ。それは物理的な破壊力以上に、あやかしや魔物といった類《たぐい》に対する、死に直結する呪いの重さだ。

私が人間でよかった。これがあやかしだったら一溜《た》まりもない。

こんな、あやかしを殺すためだけの力を極めたような人間もいるのだ。

「どうした。茨木童子の生まれ変わりといっても、この程度か」

ライは私の元までやってきて、首を掴《つか》んで石柱に押し付ける。

血がポタポタと滴る。激突した時に頭を打ったのだ。

だが、相手はこれでも手加減をしている。そんな余裕を感じる。

「……なるほど、あんた強いわねえ」

こいつは、ここで仕留めておかなければ、あとで大変なことになる。

直感が警告している。

先ほどの蹴りで感じた〝重み〟というものに、妙な焦りと恐怖を感じたのだ。

「でもねえ、女の子の横腹蹴るなんて、それはいただけないわ、いただけない。そんなんじゃいくら強くても、女の子にモテないわよ」

「………」

「男が女を守る義務なんてこれっぽっちもないと思うけど、やっぱり〝守ろうとする〟姿はかっこいいと思うのよね。さあ……凛音《りんね》、手本を見せなさい」

背後から迫る殺気に、ライも気がついただろうか。

ハッと振り返った時には、すでにその一角の鬼は二刀の刃を振り下ろさんとしていた。

静かな怒りに満ちた凛音の表情は、かつての大江山で見た冷酷な剣士そのものだ。

凛音の剣はライを二度切りつけ、敵が僅《わず》かに怯んだうちに、彼は私を攫った。

「間一髪。ありがと凛音」

「何を呑気《のんき》な！　血だらけではないか！　だいたいなぜ酒呑童子がここにいない、あなたを置いて行くなんて！」

「まあまあ凛音、落ち着いて。呼んだら来てくれるんじゃないかって思ってたけど、あんた本当に来てくれたわねえ」

「それは……っ、あなたの血の匂いに引かれただけだ」

凜音はツンデレしつつも、私の姿を今一度見て、ハッとする。

「なあにその顔。さっきの壇上に上がった時に見たでしょう？」

「……茨姫の格好をしているだけでは、ないんだな」

「そうよ。これはスイの薬で変化してる姿なの。私が茨姫に変化してるんだもの。茨姫そのものと言っていいわね」

どこか毒気の抜けたような声で、凜音はぽつりと呟く。

「やはり、あなたは茨姫、なのか」

何を今更、と言いたくなるようなセリフだ。

だけど凜音の表情を見たら、つっこむこともからかうこともできないわ。

どれだけ彼が、この姿の茨姫に会いたかったのかを、痛感してしまったから。

「ねえ、凜音。今日だけでいいわ。私に協力して。欲しいものは、あげるから」

今の凜音が、何に対し忠誠を誓っていたとしても。

今日だけでいいから、かつての茨姫と凜音のような絆《きずな》を求め、手を差し出した。

真っ赤な血に染まる手を。

凜音は静かに私を見つめていたが、やがて私の前に跪《ひざまず》く。

「ならば、今日だけ俺は、あなたの騎士だ——我が王」

そして血濡《ぬ》れた手を取り、そっと口付けた。というか血を啜《すす》った。

顔を上げ、私の目を見つめる凛音の表情はどこかあどけない。

遥《はる》か昔、初めてこの子に出会った時のことを思い出したりする。

四眷属《けんぞく》の中で、唯一茨姫より年下だった凛音。少年期から立派な青年になるまでを、姉のような気持ちで見守っていた。

凛音は私に何度も反発し、皮肉を吐く一方で、純粋すぎる忠誠心を行動で示す男だった。

「……っ、はあ、はあ」

凛音に深手を負わされたのに、立ち上がるライ。

「あやかし……っ」

彼の周囲にゆらゆらとまとわりつく黒い〝何か〟に、ハッとした。

霊力と言ってしまうにはあまりに禍々《まがまが》しく、まるで彼を縛り付ける鎖のよう。

あれは、怨念《おんねん》だ。今まで葬ってきたあやかしたちの影。

おかしいわ。あんな怨念の数、たかだか人間の人生で背負えるもんじゃない……っ。

「!?」

ライは何の小細工もなく、私に向かって走る。

私と凛音は構えたが、ライはただ、私たちの間を風のように通り抜けた。

その瞬間、ライが深くかぶっていたフードが、ふわりと外れ――

「……え」

私はその顔を見た。

視線を交わした、その刹那《せつな》、彼の目元に、衝動的な焦がれの感情が駆り立てられる。

なぜ。

どうして、馨に似ているなんて思ってしまったの。

「待って……っ！」

置き去りにされた私は、すぐに振り返り、縋《すが》るような手を伸ばした。

だがライはすでに姿を消していた。どこへ消えたのかはわからないが、奴の向かう先は想像できる。

「おい。茨姫、大丈夫か」

凛音に声をかけられ、ハッと我にかえる。

伸ばしてしまったこの手を、静かに見つめながら、

「……ええ」

この手をぎゅっと握りしめて、まずは平静を保とうとした。

「奴は逃げた。深手を負っているが、まだ油断ならない」

「私たちも早く追いかけなくちゃ。ライは馨を殺すと言ってたの」

何があっても、私が引き止めなくちゃいけなかったのに。

「それに……あの顔……」

私は表情を引き締めた。そして出入り口を塞《ふさ》ぐ瓦礫《がれき》の山に向かって、私の血が滴る刀を強く振り下ろす。激しい霊力波が放たれ、轟《とどろ》く衝撃音と共に出入り口はぽっかりと穴を開けた。瓦礫ごと吹っ飛んだから。

「ミカ！　来なさい！」

私はそのまま外に出て、眷属である八咫烏《やたがらす》の深影《みかげ》を呼ぶ。

しばらくして黒い小鳥がスイーッとこちらへ飛んできて、私の腕に止まった。

「お呼びでしょうか、茨姫様」

「お願い、ライを上空から捜してちょうだい。足の速い狩人《かりゅうど》よ。どこへ向かったか知りたいの！」

そして再び空へ放つ。

今までとは比べ物にならない、異常な胸騒ぎがしていた。

ライが、馨に似ている。雷に打たれたような、一瞬の直感のせいで。

第七話　馨、灰島大和を救出する。

「あれ？　水連《すいれん》さんがいないよ、馨君《かおる》」

「え？」

仲間たちと共にオークション会場を飛び出し、俺たちは屋敷を囲む森を走り抜けていたのだが、水蛇野郎がいつの間にか居なくなっていた。そのことに由理《ゆり》が気がつく。

「あいつのことだ、真紀《まき》の元に残ったのかもしれない」

「そう……だったらいいんだけど」

由理はどこか不安そうな顔をしている。

確かに心配だが、俺たちはここで立ち止まっている場合ではない。真紀があのライを足止めしている間に、やらなければならないことが数多くある。

俺はまず空のよく見える場所を確認し、ガラス細工のようなキューブの結界を懐から取り出し、由理に手渡した。

「由理、木羅々《きらら》を頼む。俺が宝島《たからじま》の所有権を奪ったら、じきに陰陽局《おんみょうきょく》の船が来るだろう。

そのタイミングで木羅々を船まで連れて行ってほしい。それと、海岸の倉庫群にあやかしたちが収容されている。そいつらが陰陽局の指示に従うよう説得して欲しい。お前の言葉なら、皆が聞くだろう」

「……わかった。その役目は僕が任されよう」

由理はすぐに俺の意図を理解し、引き受けてくれた。

たとえ陰陽局が宝島に突入し、倉庫に閉じ込められているあやかしや人外生物を解放したとしても、人間を信用できず暴れる恐れもあれば、保護が手こずる可能性もある。

由理は高位のあやかしであり、その言葉には力がある。

導けるのは、由理しかいない。

「馨君。茜君《あかね》。二人とも気を抜いてはいけないよ。敵は厄介な連中を連れ込んでいる」

由理はそう念を押すと、青白い羽を羽ばたかせ夜空へと舞い上がった。

俺たちは再び森を進む。敵の妨害があるかと思っていたが、

「なあ津場木《つばき》茜。すでに結構な数の敵がやられてるんだが」

「黄《こう》家のキョンシーや黄炎《こうえん》さんだろう。雑魚《ざこ》が敵《かな》うはずねーよ」

プロの殺し屋である黄一族は、姿こそ見せないが俺たちが活動しやすいよう暗躍してくれているようだ。

あちこちにバルト・メローの連中や、低級の使い魔が倒れている。

「わかっているな、天酒《あまさけ》。お前の役目は、この宝島の所有権を握り、陰陽局の船が突入で

きるよう〝入り口〟を開くことだ」

「ああ。だがそのためには、この〝宝島〟を誰が作り、何を素材としているのかを調べなきゃならない」

どこかに、この宝島の情報を読み取りやすいスポットがあるはずだ。

大地を踏みながら、息を吸いながら、空を見上げながら、俺は霊力網を探る。

その間、森に潜む敵や使い魔から俺を守るのは、津場木茜の役割だった。

「⁉」

別方向から、武装した特殊部隊の攻撃が始まった。狙撃《そげき》銃による攻撃だ。

「チッ。ウゼー攻撃してきやがって！」

津場木茜の放った護符が、俺たちの周りを帯をなして囲む。

「謹みて四方四神に願い奉る。我らを守り給え！」

人間の狙撃銃やマシンガンによる攻撃は、護符一枚につき百発は防げるようで、津場木茜は状況を見つつ内側から護符を補充していた。低級のあやかしや魔性の類《たぐい》も、四方を見張るこの結界を越える事が出来ない。

ドンドンドン、パチパチパチパチパチ。いや、パチはない？

いやいや、なんかもうハリウッド映画並みの銃撃戦が始まった。銃声を聞きすぎて耳がおかしくなりそうだ。

「海賊のくせに、軍人かってつっこみたくなる武装っぷりだな」

「そりゃあ元軍人も多く雇ってんだろうからな。つーか一般的な海賊のイメージはもう捨てろって」

「わかってはいるが、なかなか……フック船長の残像が脳裏をよぎるっていうか」

「フック船長は、絶対ない」

津場木茜はチラリと俺を見て、

「はあ。つーかなんで俺が酒呑童子《しゅてんどうじ》と一緒に走ってんだか。退魔師なのにこいつを守らねーといけねーし」

ブツブツ文句言ってる。確かに、陰陽局の退魔師だと思えば気持ちはわかる。

「これが俺の前世の姿だ。どーだかっこいいだろう」

「うるせえ。ドヤ顔でこっち見んな。調伏したくなるから！」

津場木茜は相変わらずだが、素早く敵意を感じ取り、キッと頭上を睨《にら》むと、

「上からかよ、ウゼーなっ！」

頭上より襲いくる中級の鳥獣に向かって刀印を振り上げ、一言「滅！」と叫んで調伏。

その正確さは見事で、俺も安心して狭間《はざま》の霊力網を探れる。

「おい、まだか。敵もバカじゃない。そろそろ対策を講じてくるぞ」

「わかっている。近くまで来てるはず……あった！」

そう。狭間の情報を読み取りやすいスポット。

それは巨大なウドノキだった。

「だいたいスポットにあるのは木か、湖か、シンボル的オブジェか、そんなところだ」

「どうやって情報を読み取るんだ」

津場木茜はこの辺りに〝隠遁《いんとん》の術〟を張り、目くらましの簡易式神を空に飛ばした。

これで敵の目はそっちに向くはずだ。その間に、俺は宝島の狭間を構築する情報を調べてしまわなければならない。

ウドノキの根元に胡座《あぐら》をかいて座ると〝神通の眼〟を細め、両手を合わせる。

「狭間情報、解錠」

そう唱えると、狭間の情報が透明の霊紙に描かれ、ポンポンポンと宙に現れた。

俺は手を掲げ、それらを横にスライドさせながら確認する。

「あー……素材は、塩と、大理石と、珊瑚《さんご》。そしてチタン、銅、鉄……」

コピー元はやはり、バルト海にある無人島の一つのようで、会場だった屋敷も、ヨーロッパのどこぞの城を模したもののようだ。

倉庫群の倉庫はコンクリート造で、特殊な術が施されている。

施錠には権利が必要、と。そして一番大事な情報。この狭間の製作者の名は……

「ん？」

「どうした、天酒」

「いや、この宝島の製作者なんだが、どうやら二人いて共同製作らしい。そのうちの一人が〝大嶽丸《おおたけまる》〟という名だ。てっきりミクズとばかり思っていたが……」

「……大嶽丸？」

津場木茜の顔色が変わった。それもあまり、よくない方へ。

「そいつは酒呑童子、玉藻前《たまものまえ》と並ぶ日本三大妖怪《ようかい》の一人だ。ちなみに日本で五人しかいない、SS級大妖怪の一人でもある」

「そんなことは俺だって知ってる。だが大嶽丸とは、酒呑童子が生きていた時代にはすでに坂上田村麻呂《さかのうえのたむらまろ》によって討伐されていたはずだ」

大嶽丸伝説。それは俺だって、聞いたことくらいある。

そもそも前世の酒呑童子時代には、すでに伝説だった鈴鹿山《すずかやま》の〝鬼〟だ。

酒呑童子が現れる前は、大嶽丸が最強の鬼と言われていたくらいだ。

しかし鬼の辿《たど》る道はいつも同じ。鈴鹿御前《すずかごぜん》という天女にたぶらかされ、人間の武将、坂上田村麻呂によって討伐される。

だが、ナイトパーティーでぬらりひょんのジジイが真紀に言った。

この件に関わっているSS級大妖怪は、二匹いると。

「これは陰陽局のトップシークレットの一つだが、実のところ、大嶽丸は死んじゃいない」

津場木茜は何か迷っていたようだが、小さく息を吐くと語り出した。

「大嶽丸は江戸末期には再び確認されていた。背景には鈴鹿御前……いや、かつて鈴鹿御前という名で大嶽丸と坂上田村麻呂を戦わせた〝ミクズ〟がいるのだと、俺たちは見ている」

「……ミクズが⁉」

「妲己《だっき》、鈴鹿御前、玉藻前……歴史上何度も現れては、違う名と姿で時代を動かして来た女狐だ。関係がある以上、この件もあのミクズと大嶽丸が何かしら取引をして、手を組んで動いている可能性は高い。チッ。京都の奴ら、まんまと偽の情報つかまされてるぞ。こっちが大嶽丸だったんだ……っ」

津場木茜は別の任務か計画かが頭を過《よぎ》っているのか、やられたという顔をしている。

「いや、いい。昨日の段階でSS級大妖怪が二人関わっていることは明白だったんだ。今はこっちが最優先。計画通り行くしかない」

まるで自分に言い聞かせるかのように。そして、落ち着いた顔をして俺に問う。

「で、もう一人の製作者って誰だ」

「ああ、こっちも謎なんだ。そいつは〝来栖未来《くるすみらい》〟という名前で、一見、人名のようだ」

「……来栖未来？　全然覚えがねーな」

「お前にも分からないのか。何のあやかしなんだろうな」

狭間結界は人間には作れない。

ゆえに、こいつもあやかしだと思われる。最近じゃ人間社会に溶け込むため、人の名を名乗る者も多い。浅草《あさくさ》のあやかしも大半がそうだしな。

「製作者の名前はわかったんだ。これで狭間の入り口は開けられるんだろうな」

「ああ。やってやるさ」

俺は両手を合わせて〝神通の眼〟を一度閉じ、そしてゆっくりと開く。

「狭間結界〝宝島〟……所有者を天酒馨に変更……設定の上書きを命じる」

俺を中心にボウッと陣が浮かび上がった。

狭間の設定を書き換える作業は、単純に主《あるじ》同士の力比べで、静かな国取り合戦と言える。

この狭間結界は共同製作の賜物とはいえ、大嶽丸の影響力が強いようだ。

大嶽丸。酒呑童子の前に最強と名高かった鬼、か。

かつてそれは、酒呑童子にとって羨望《せんぼう》の対象だったが、ミクズと手を組んでいるのなら話は別だ。まだ見ぬその大妖怪の霊力網を手繰り、俺は静かに闘志を燃やす。

「……っ」

だがやはり、一筋縄ではいきそうにない強い反発にあう。

流石は同列を成す大妖怪。酒呑童子は狭間結界の始祖とはいえ、同格の者がこの術を会得したのであれば、俺が簡単に主導権を得ることはできない。

しかし、

「言うことを聞け。主は俺だ、狭間を開場しやがれ！」

ここは半ば強引に押し切った。

狭間結界の術で負けてたまるかという、意地のようなものが優《まさ》った。

この一言で、厳重に閉じられていた狭間の〝入り口〟をこじ開けることに成功し、外に待機している陰陽局の船が、宝島に出入りできるようになる。

「大丈夫か？　上手《うま》くやれたのか⁉」

「ああ。ちょっとヒヤッとしたが、入り口は開いた。これで万事オッケーだ」

他人の狭間を乗っ取ったハイなテンションで、グッと親指を立てる俺。

津場木茜もまた「凄《すご》いけど意外と地味な作業だったな」と言いつつ、同じようにグッと親指を立てた。ここに謎の友情が生まれる……

ひとまず、計画上の最重要案件は突破ということで、津場木茜は空に高速簡易式神を放ち青桐《あおぎり》さんと連絡を取っていた。

これで陰陽局から派遣された大勢がこの島に乗り込み、あやかしたちを保護するため動けるようになる。俺たちもまた、海岸沿いの倉庫群に急がねばならない。

「大和《やまと》さんたちが心配だ。どこに捕まっているのか、それも調べられたらいいんだが、どうにも大和さんの霊力を掴《つか》みきれない」

俺が大和さんの名を出したせいか、津場木茜は一層、深刻な顔をしていた。

「………………」

「最初に言っとくが、浅草地下街の連中は死体で見つかる可能性も高いぞ」

まるで、そういう場面など、何度もあったと言うように。

「分かっている。だが……」

「あっ。おい見ろ！」

津場木茜が沿岸部の見える場所を見つけ、懐より双眼鏡を取り出し状況を確認する。

目を凝らすと、倉庫群から黒い煙と爆炎のようなものが上がっているのが見えた。

「陰陽局の母船はまだ到着してないようだが、一足先に特殊部隊が上陸し、交戦が始まっている。敵が白旗を上げるのも時間の問題だな。でかしたぞ天酒！」

「は〜、お前に褒められる日がくるとは思わなかったな」

「馬鹿野郎。俺だってこういう時くらいはなあー」

などと言い合っていた時、こちらに向けられる刺々《とげとげ》しい殺気に気がつき、俺たちは背を合わせ刀を構える。

「ギャハハ、みーつけた！」

「奴らの首を差し出せば、きっとボスもお喜びになる！」

こいつら、隅田川《すみだがわ》で手鞠河童《てまりかっぱ》を狩っていた狩人《かりゅうど》たちだ。

ライに助けを求めたあの二人。

人並み外れた身体能力で木々の枝を飛び越え、落下の勢いで呪杖《じゅじょう》を振り下ろす。

「迷いなく向かってきたその勇気はあっぱれだが……」

俺も津場木茜も、今はこいつらに構っている暇などなく。

グワッとひと睨みして迎え撃ったのだった。


「はっ。あっけねー奴ら。俺に向かってこようなんて、百年はえーんだよ」

早々にやられてしまい目を回す二人の狩人。それを〝捕縛の術〟で縛る津場木茜。

「焦ってたのか、ヤケクソみたいな攻撃だったな」

「ライに比べりゃ赤ん坊みたいなもんだよ、こいつらは」

津場木茜はこの二人の顔を確かめようと、深くかぶっていたフードをはぐ。

「!?」

その姿に、俺たちは息を呑《の》んだ。

一人は少年で、顔や体が一部鱗《うろこ》で覆われている。

もう一人は少女で、鮫肌《さめはだ》にギザギザした歯をしている。

普通の人間とは言い難い。これはいったいどういうことだ。

「もしや……こいつら、半妖《はんよう》だったのか？」

「いや違う。これは〝キメラ〟だ」

津場木茜はこの手の者たちを知っているようで、目を細め淡々と語る。

「異国の魔術と錬金術の発展の末に生まれた生命体。人体を使った実験は禁止されているはずだが、人外オークションなんてやる奴らだ。ルールなんて簡単に無視する。狩人に魔物の類《たぐい》の一部を移植して、その能力を備えさせるなんて……寿命を大幅に縮める行為で、どれほど肉体に負荷がかかるか知れないってのに」

「…………」

目の前の二人の狩人は、俺たちとそう変わらない年頃のように見えた。

彼らがローブを着て顔を隠していた理由が、こういうことだったなんて。

「ち……っ、ちきしょうちきしょう」

「僕たちは負けるわけにはいかない。このままだと、ボスに……っ」

のびていた二人が意識を取り戻し、何とか起き上がろうとしていた。

「やめとけ。お前たちの実力じゃ、俺たちには敵《かな》わない」

「うるせえうるせえうるせえっ！　失敗続きで、このままじゃアタイたち廃棄処分だ！」

「廃棄処分……？」

「僕らの代わりなんていくらでもいる。ライ以外は、みんな実験動物みたいなもんだ」

狩人は敵だ。浅草のあやかしを苦しめ、痛めつけ、攫《さら》った。

それを許すつもりも無いが、どういう経緯でこいつらが狩人をしているのかは、想像できる。いや、きっと想像を絶することなんだろう。

何とも言えない、複雑な感情と憤りでいっぱいだった。

だが、それはそれで、俺は彼らに聞かねばならないことがある。こいつらを今後どうするかは、その答えで変わってくるだろう。

俺は狩人の一人に刀の切っ先を突きつけ、冷淡な態度で尋ねた。

「浅草地下街の者たちを攫ったのはお前たちだろう。彼らはどこにいる」

「浅草地下街〜？」

鮫肌の少女が、そのギザギザの歯を見せて笑った。

「あいつら金華猫《きんかびょう》に連れていかれちゃった。あの化け猫に惨《むご》たらしく食われちゃったんじゃん。ザマーミロ！」

「……なに？」

金華猫。オークションで司会をしていたあの猫のあやかしだ。

浅草地下街の連中があの女に連れていかれた？　なぜ……

「にゃは。使えないのに口も軽いなんてほーんとポンコツ。今度はどこのパーツを別物にしてやろうかにゃ〜」

いつの間にか太い枝の上に、あの金華猫が寝転がっていたのだった。

猫撫《な》で声は頭上より降ってきた。

「⁉」

「あ……」

「金華猫、様……っ」

途端に二人の狩人から血の気が引いて、恐怖に怯《おび》えた目になる。

俺は津場木茜と横目で見合い、縛られて転がっている二人の狩人の前に立つ。

そして、津場木茜が堂々と問う。

「S級大妖怪《ようかい》・金華猫！　ミクズといいお前といい、なぜあやかしたちが海賊のバルト・メローなんかに加担している」

「にゃー？　我々がバルト・メローに加担してる〜？　陰陽局のお坊ちゃんは面白いこと言うんだにゃあ」

「な……っ」

金華猫は猫の手で口を覆って「プププ」と笑いを堪《こら》えている。

こちらが何も知らないのを、面白がっているのだ。

「ならばお前たちの目的は何だ。あやかしがあやかしをオークションで売るなんて。金が欲しいってのか」

俺が問うと金華猫は目の色を変え、クルンと木の枝に尻尾《しっぽ》を巻きつけ、そのまま地面に飛び降りる。

「これはこれは、あやかしたちの王の中の王、酒呑童子様。一度お目にかかってみとうございましたにゃ」

金華猫はドレスを摘《つま》み、仰々しく挨拶《あいさつ》をする。

「ですが、あなた様もおかしなことを聞きますにゃ。人間だって人間と戦争して、いがみ合って殺しあって。時には我が子すら売ってしまうでしょう？　そこにいる雑魚《ざこ》狩人だって、ちょっと霊力が高くて普通と違うからって、親に売られた連中だにゃ。人間がこれなのに、あやかしがあやかしを苦しめない道理とは？　ここにあるのはただの悪徳。そしてこれこそ、人間以上にあやかしの本質」

金華猫は平然と言ってのける。やはりあの女の手下らしい思考の持ち主だ。

「酒呑童子様。金華ちゃんはあなた様をお迎えに上がったのです。ミクズ様はあなた様をご所望ですにゃ」

「は？」

意味がわからない。俺がそんな顔をしていると、金華猫は「タネも仕掛けもございませんにゃ〜」と自らの手のひらをこちらに見せた後、パチンと指を鳴らし、まるでマジックのように手の上に何かを出現させる。

それは空の〝鳥籠《とりかご》〟だった。しかし彼女が鳥籠に紫の布をかぶせ、「にゃーん！」と叫んで勢いよく剝《は》ぐ。すると、鳥籠の中には極端に小さくなった大和さんが。

「大和さん⁉」

彼は他の浅草地下街の人たちと一緒に、手錠をかけられたまま気を失って倒れていた。

何てことはない。俺が木羅々をまるごと閉じ込めたような、収縮系の結界術だ。

「金華ちゃんのおやつにするには、固くて不味《まず》そうな男たち。いっそ海賊らしくワニとか鮫の餌食《えじき》にしちゃおうかにゃーって。でもちょっと気になることもあって、深層心理を探ってみました。そしたらもう、びっくり！」

金華猫はその黄緑色の猫目をグッと大きくさせ、前のめりになる。

「この組合長の男、酒呑童子の前世の部下〝いくしま童子《どうじ》〟の生まれ変わりだっていうじゃないですか！　んにゃーっ、霊力も低いし地味だし、普通の男すぎて全然気づかなかった。盲点だったにゃ〜っ！」

「…………え？」

俺、目をパチクリさせて固まる。

隣で津場木茜が「マジかよおい！」と俺を見るが、途端に「あ」って顔して、

「お前……もしかして知らなかったのか？」

「え？　あ、うん」

俺、酒呑童子の凛々《りり》しい姿のままタラタラ冷や汗流しながら、子どもみたいにコクンと。

おいおいおいおいおい。

ちょっと待てよ、おい。

「ちょ、ちょっとタンマ！　なんだよその突然の事実。そんなの全然、全然知らないぞ！　気づかなかったぞ！」

そんな大事なこと、俺が見逃すわけがない。

だがしかし、以前、大黒《だいこく》先輩がかなり意味深なこと言ってたな。

大和さんはその力を幼い頃に封じられてると。だからこそ、俺が気付けなかったのか？

ていうかあのいくしま童子？　大和さんが？　酒呑童子四大幹部の一人の⁇

嘘だろ？　見た目は全くと言っていいほど似てないぞ。

それに全然、共通点がねえ。

だって、いくしま童子とは大柄の雪鬼《ゆきおに》で、豪快で快活、時に無神経だったけど、後腐れない良い奴で、見た目のわりに人情味に厚くて、弱者を一人も見捨てられず、数多くの部下に慕われてて……

あれ、意外と共通点あった。

大和さんはもっと空気読めるし、謙虚な人間だけど。

いや、違う。力と記憶が封じられた中でも〝いくしま童子〟のように弱者に手を差し伸べ、数多くのあやかしを助けてきたからこそ、今のような大和さんになったのだ。

そう考えると、むしろ合点が行く……っ！

「にゃにゃ～？　金華ちゃんてっきり、あなた様はこのことを知っているものと思ってました。だから無能でも側に置いてたのかにゃーって」

鳥籠の持ち手に指をかけ、くるくる回す金華猫。

中で大和さんたちがゴロゴロ転がってる。おいやめろ。

「まあいいにゃ。知らなかったとしても、大事な人間には変わりないのでしょう？　この人間を助けたくば、共においでください酒呑童子様」

「却下だ。だが大和さんたちは返してもらう」

金華猫が一歩下がるごとに、俺は一歩近づく。

誘われている？　それでも、近づかなければ大和さんたちを助けられない。

俺が刀を持つ手を動かす素振りを見せると、金華猫は「おっと」と鳥籠を胸に抱え、津場木茜のこともしっかり警戒しながら、そのまま闇の中に溶けて行く。

くすくすと笑い声だけを残して。逃げるつもりか。

「待て、大和さんを返せ！」

「おい天酒！」

「茜！　お前は狩人たちを頼む！　むしろ連れて帰った方がそいつらのためだ！」

俺はどさくさで津場木茜を下の名だけで呼び捨ててしまったが、金華猫を追いかけるのに夢中で、津場木茜がどんな反応をしていたのかは確認することができなかった。


暗い森の中、周囲が一層暗くなる。

突然、長いブザーが鳴り響き、目の前に巨大なステージが降ってきた。危ねえ。

「狭間《はざま》結界〝金華ちゃんオンステージ〟開幕だにゃ〜」

どこからか声がして、ステージの幕が上がる。

スポットライトに照らされた、可愛らしいポップな内装の女子部屋がお目見えだ。

なんだこの狭間結界。

そこでは無数の金華猫が気ままに過ごしている。本を読んでいたり、化粧をしていたり、ゴロゴロ転がって猫じゃらしで遊んでたり、二人向き合ってこたつでアイス食べてたり。

金華猫は分身の術を使っており、どれが本物かわからない。

「あーあ。もうほんと、最悪。愛《いと》しのミクズ様は、どうしても酒呑童子を復活させたいのだそうにゃ」

寝転がって本を読む金華猫がぼやいた。

本というより、ミクズの写真集だ。それを見て恋する乙女のようなため息をついている。

ミクズが酒呑童子を復活させたい、か。

京都でもそんな戯言《たわごと》をほざいて、暗躍していた。

そもそも俺が酒呑童子の生まれ変わりだっていうのに、酒呑童子を復活させようだなんてどうかしている。

俺をもう一度殺して、また反魂の術でも使う気なのだろうか？

だとしたら相当歪んでいるな、あの女狐は。

「そもそも、なぜミクズはそこまで酒呑童子に固執する。千年前は俺を裏切ったくせに」

「それは大江山《おおえやま》の〝狭間《はざま》の国《くに》〟が、ミクズ様の理想の国じゃなかったからにゃ」

いつの間にか背後にも金華猫がいて、俺の背を指でなぞりながら、耳元で囁《ささや》く。

俺は視線だけ、この女に向けた。

「理想の国？　あいつは、国が欲しいのか」

「そう言うことだにゃ。酒呑童子様のお力は、一介のあやかしたちの狭間結界とは訳が違う。それは〝国づくり〟の力に等しく、故にあなた様は、あやかしの王の中の王」

国……づくり。

考えたことも無かったが、それならば少し納得だ。ミクズが酒呑童子の力を欲する理由。

「だが尚更《なおさら》、ミクズに与《くみ》する気はねーな！」

無駄だろうとわかっていても、俺は刀を振るって背後の金華猫を切る。

にゃははっ、と軽い笑い声だけを残し、切った手応《てごた》えすらなく幻想の塵《ちり》となって消えた。

「ねえねえ、知ってる？　酒呑童子様って、女を虜《とりこ》にする呪いにかかってるって聞いたことがあるにゃ」

「知ってる知ってる〜。言い寄られて振りまくって、恋文まで燃やして女たちの恨みを買ちゃった。そして呪われた鬼になっちゃった。にゃはは」

ステージ上のこたつでアイスを舐《な》めている金華猫二人が、こちらを見てくすくす笑っていた。

「涼しげな目元、よく通る声に、逞《たくま》しい体。確かに千年に一人の美男子ですにゃ」

「いったい今まで何人の女を魅了し、たぶらかし、泣かせてきたかわからにゃい」

「異議ありだ！　お前、酒呑童子を誤解するなよな。酒呑童子は女嫌いだったんだぞ！

唯一好きになった女を攫《さら》うどころか、なかなか声もかけられないヘタレだぞ！」

俺はそいつらに指を突きつけ、自虐を交えつつ抗議する。

「あら奇遇。金華ちゃんも、男嫌いなのにゃ」

ゾッとした。いつの間にかすぐ目前に金華猫がいて、俺を見上げていた。

その黄緑色の瞳《ひとみ》を瞬かせることもなく不気味に微笑み、金華猫は俺の頬を冷たい両手で包む。

「ふふ、酒呑童子は、にゃーんにも知らない」

囁き声が、耳から心に忍び込む。

「お前の〝首〟をめぐる戦いに、どれほどの大妖怪《ようかい》が参戦し、あの茨木童子《いばらきどうじ》が葬ってきたか」

「な……っ、お前、茨木童子のことを知っているのか」

「だって金華ちゃんもずーっと戦ってきたんだもの。ミクズ様が、酒呑童子の首をご所望だったから」

金華猫は、音もなく巨大な猫に姿を変えた。

黒炭色の体に赤金色の斑《まだら》模様が浮かび上がって見える。手足が蜘蛛《くも》のように無数にあり、尾は図体《ずうたい》以上に長い。

口をパックリと開けて俺を飲み込もうとするので、俺はそれを迷いなく切り捨てた。

それでも金華猫の声は聞こえ続ける。

「金華ちゃんは、女の子がだーい好き。だからミクズ様がだーい好き。茨木童子だって、情熱的で悲劇的な愛に狂うその姿は、見ていて惚《ほ》れ惚《ぼ》れしたものだにゃ。片腕だけで戦う姿は、血に塗《まみ》れていてとても美しかった。敵でなければ良かったのにと、何度か思ったもの」

くすくす……くすくす……

「だけど男は大嫌い。男は何もわかっちゃいないもの」

壇上にいた金華猫たちが一斉に立ち上がり、それぞれがあの鳥籠を持って、掲げたり中を覗《のぞ》いたり、揺さぶったりしている。

そしてニヤリと笑うと、全ての籠に艶《つや》のある布をかけてしまう。

「タネも仕掛けもありませんにゃ〜」

金華猫の気の抜けるような声とともに、鳥籠は全て消えて無くなった。

「おい、大和さんたちをどこへやった！」

「えー、男が嫌いな金華ちゃんは、こいつらをさっさと処理したいと思ってます。不味くてもちょっとは腹の足しになるかにゃ」

「柔らかい女の子がいいにゃあ」

「わがままを言うんじゃにゃい。工夫して食べればいいのにゃ。炙《あぶ》ったり燻《いぶ》したり、煮込んだり潰《つぶ》したりして」

無数の金華猫たちが、大和さんたちをどう食べるか議論し始めた。

「ふざけるな！　大和さんたちを食ったらお前の腹搔《か》っ捌《さば》いてでも取り出すからな！」

「おー怖い怖い」

「さすがはあやかしの王。えぐいことをおっしゃるにゃ」

「そう怒らなくても、地味な男たちは本物の金華ちゃんが持っています。でも、どれが本物か、わからにゃいでしょ〜？」

壇上で余裕しゃくしゃくの笑い声を上げ、俺をからかう。

確かに本物の金華猫は、さっぱりわからない。

無数の金華猫を一人ずつ倒しても、新たな金華猫が現れて埒《らち》が明かない。金華猫の霊力すら均等に匂い立つように施されている。

だが、唯一金華猫が処理を怠った部分があることに、俺は気がついていた。

金華猫は大和さんの力を軽んじているようだった。

ゆえに、鳥籠《とりかご》ごと大和さんの姿を隠してしまっても、霊力の処理だけはしていない。

実際に大和さんの霊力は微弱で、狭間中を漂う金華猫の禍々《まがまが》しい霊力に隠されてしまい、探すことは困難だ。

しかし〝いくしま童子〟の霊力なら別である。

大和さんの本来の霊力を解放することが出来たなら、きっと俺はそれを探し出すことができる。彼の力は封じられているだけなのだから。

イメージしろ。

いくしま童子の霊力の匂いを思い出し、大和さんの霊力にそれを見出《みいだ》せ。

おそらく、大和さんの霊力を辿《たど》った先に、本物の金華猫がいるのだから。

「ふふ。それにしてもあの灰島《はいじま》大和って男、いくしま童子の生まれ変わりにしちゃーしょぼくれて期待はずれすぎませんか？　他の眷属《けんぞく》たちに比べて、使い物にならないっていうか、無能っていうかー。にゃーんか地味っていうかー」

「黙れ！　お前が大和さんを馬鹿にするな！　あの人はなあ、ただの人間だったからこそ、弱い者たちの声を聞き漏らすことなく、手を差し伸べることができたんだ。たくさん馬鹿にされて、たくさん傷ついても、あやかしたちに尽くしてくれた〝人間〟だ。お前たちのような下衆《げす》どもとは比べものにならねえ人徳者だ。だからこそ、浅草の神々はあの人を愛した！」

「はあああ？」

「見くびるなよ。あの人の力は、浅草全体の〝加護の力〟だと思ったほうがいい」

俺は両手を合わせる。

大黒先輩。いや、浅草寺《せんそうじ》大黒天《だいこくてん》様。

今こそ、あなたからいただいた〝所願成就〟の加護の力を全解放します。

俺と大和さんに、酒呑童子といくしま童子の千年も昔から繋《つな》がる縁があったのなら、どうか繋いでくれ。大和さんの力を、今こそ目覚めさせてくれ……っ！

「……!?」

急に、肌寒くなった。

足元に霜が降り、それがピシピシと小さな音を立てて細い道を作っている。これは……

「にゃにゃにゃ、金華ちゃんの狭間なのに、やけに寒くなってきましたね。空調設定間違ったかにゃ～。にゃっ、体に霜が！」

金華猫たちが焦っている。寒いのはあまり得意ではないようだ。

「ふふ。ははははっ！」

「……にゃ？」

なるほど。そこにいたのか、大和さん。

「本物の金華猫はお前だ！」

笑い声を上げながら飛び上がり、俺は刀を大きく振るって、結界内の最も右端にいた金華猫を斬った。

金華猫は「ぎにゃあ」と悲鳴をあげて、その場にひっくり返る。

奴から小さな鳥籠が落ちた。鳥籠は霜だらけになっていて、刀を突き立てると簡単に砕け、大和さんたちが元の大きさになって吐き出された。

よかった。生きてる。ボロボロだけど……ちゃんと生きてる。

「にゃ、にゃぜわかった……っ。この霜はいったい」

金華猫は傷口を押さえ、下唇を噛《か》んでフーフーと唸《うな》っている。美少女面が台無しだ。

「これは俺の力じゃねーよ。いくしま童子の〝雪鬼〟としての力を、浅草の神様たちが解放してくれたおかげだ。上を見ればいい」

「……上？」

言われた通り上を見上げた金華猫の表情が、みるみる青くなっていった。

当然だ。今、俺たちの頭上で、浅草の七福神たちが揃いも揃って顕現し、こっちを見下ろしているんだから。そりゃもう、無慈悲な顔してな。

今戸《いまど》神社の福禄寿《ふくろくじゅ》様なんて、語尾の「にゃー」がキャラ被《かぶ》りして心底憎たらしそうな顔してるし。あんたは沖田総司《おきたそうじ》のコスプレに徹してください。

「金華猫。お前が無能って言った大和さんを守るために、顕現してくれた浅草の七福神たちだ。あの方の積み上げた徳がそうさせた。さあ、どうする？　神が味方するこの状況で、俺たちに勝つ手があるか？」

「…………」

幻術が解けていく。本体を断ったことで狭間結界を維持する力が弱まったのだ。

金華猫は悔しそうな表情だったが、ふっと諦《あきら》めモードになると、

「まあいいにゃ。今回は諦めてあげます。どうせあなた様の〝代わり〟はいる」

「……なに？」

口元に弧を描き、懐から何か取り出しワザとらしく落とした。

意味深なことだけ言い残し、彼女は赤金色の斑の猫に化けると、萎《しぼ》む闇に飛び込んで消えてしまった。

顕現していた浅草の七福神も、微笑みながら細かな光に溶けて消える。

俺は神々に頭を下げた。周囲は暗くなり、俺はゆっくりと息を吐いて、金華猫が落としたものを拾い上げに行く。

「これは……浅草寺？」

古い白黒写真に写っていたのは、浅草寺の雷門《かみなりもん》だ。

その下に写っていた女性に、俺の目は釘付《くぎづ》けにされる。

黒い着物姿で、長い髪を三つ編みに結い、顔に大きな札を貼った女。

俺はぐっと奥歯を噛む。鮮明な写真でなくとも、佇《たたず》まいでわかる。

「……茨姫《いばらひめ》」

俺の知らない彼女が、そこにいた。


「大和さん、大和さん大丈夫ですか⁉」

大和さんは「んー……」と唸って、ゆっくりと目を開けた。

よかった、無事に意識を取り戻した。無精髭《ぶしょうひげ》、めっちゃ伸びてるけど。

「って、さむ！　俺なんで霜だらけ⁉」

大和さんはその場に座ったまま、自らのスーツについた霜を払っていた。

そして俺を見上げて、ビビってのけぞる。

「ど、どちら様ですか⁉」

「お、俺ですよ俺。天酒馨です。今は訳あって前世の姿をしているんですけど」

「天酒？　まさか、それ酒呑童子の姿なのか⁉」

驚きすぎて口をあんぐりと開けたまま、瞬《まばた》き一つせず俺を見上げる大和さん。

彼が無事だったことに改めて安堵《あんど》しつつも、俺は小さく、息を吐いた。

「記憶を、思い出した訳じゃないんですね」

「え、なに？」

「いいえ。何でもありません」

俺は大和さんに手を伸ばす。大和さんは俺の手を取り、苦笑い。

その時、遠く、声がした――

『ほお。お前、蝦夷《えぞ》から来たのか。子分を見捨てず庇《かば》うとは、見上げた根性だ。それに、子分の目を見ればわかる。誰もがお前を慕い、お前についてここまで来たんだ。その忠誠心は並大抵のものじゃない』

酒呑童子だ。酒呑童子が大きな刀を担いで、不敵な顔をしている。

氷の張った大地に伏せているのは、その時俺が倒した、北の国の雪鬼だった。

『だけど、お前さんに負けてしまった。わしらには戻る国もなく、ここまでだ』

『なに言ってやがる。子分共々この大江山で、狭間の国で暮らせばいい。お前がいれば、俺も百人力だよ——いくしま童子』

鋼色の瞳《ひとみ》が巨漢に似合わず優しそうで、俺はすぐにこいつを気に入ったっけ。

ああ、そうだ……この目、やっぱり大和さんに似ている。

姿形が変わっても、記憶がなくても、たとえ俺を覚えていなくても。

俺がこの時、手を差し伸べて引き上げた雪鬼は、その後ずっと俺を裏切ることなく国を守り、忠誠を尽くして果てた。

あの最後の日、狭間の国の子どもたちを逃がす時間を稼ぐため、壁になって死んだんだ。

王の器を、持っていながら——

「すまなかった、天酒。お前たちを危険な目に遭わせたくなくて、この件から遠ざけていたのに。結局俺がヘマしてお前に助けられた。すまねえ、すまねえ天酒」

ハッとした。大和さんが、何度も俺に謝っていた。平謝りだ。

俺が何も言わないものだからチラッと俺の顔を見上げ、更にはぎょっとしている。

俺の方がアホみたいにダバダバ泣いてたから。この、酒呑童子の姿で。

「天酒？　ど、どうしたんだ？　どこか怪我してるのか⁉」

「い、いいえ。無事でよかったです。大和さん、あなたは本当に凄《すご》い人だ……っ」

「？？？」

大和さんはめちゃくちゃ困惑しているけど、俺は心から、この人が無事でよかったと思っていた。

この人が、いくしま童子の生まれ変わりでよかったと、千年を跨《また》ぐ再会に感謝した。

「坊ちゃんご無事ですか」

「お怪我はないですか！」

大和さんと一緒に囚《とら》われていた浅草地下街の面々が目を覚まし、自分たちも随分と酷《ひど》い目に遭ったというのに大和さんを心配している。

そう言うところに、あなたの人徳が現れている。

いくしま童子。いや、大和さん。

あなたはあなたのまま、この先もどうか、俺たちの側にいてください。

第八話　スイ、この瞬間を待っていた。

『喋《しゃべ》ってはいけない、茨姫《いばらひめ》。あなたは腕を切り落とされたんだ』

『スイ……水連《すいれん》……っ』


平安中期。

これは、酒呑童子《しゅてんどうじ》が大江山《おおえやま》で討たれた後のこと。

茨木童子《いばらきどうじ》は一条戻橋《いちじょうもどりばし》で、敵の一人である渡辺綱《わたなべのつな》の命を狙った。

しかし流石は源　頼光《みなもとのよりみつ》の一の家臣である。

茨木童子ですら返り討ちに合い、あやかし退治のために作られた宝刀の一つ〝髭切《ひげきり》〟により右腕を切り落とされたのだ。

茨木童子の眷属《けんぞく》だった俺は、彼女を助け出し渡辺綱から逃げ、羅生門《らしょうもん》に身を隠した。

そこには邪《よこしま》な小鬼たちもいたが、彼らはこぞって茨姫を心配した。

なぜならここにいる小鬼たちは、何度も茨姫や酒呑童子に助けられた者ばかりだったからだ。

俺はここで、致命傷を負った茨姫の傷口の手当てをした。

『スイ。もう、いいのよ。もう……私、シュウ様の元へ行きたい』

『……茨姫』

無謀な奇襲をかけた時点で、薄々勘付いていた。だけど、

『ダメだ！　そんなのは俺が許さない……っ。あなたまでいなくなったら、俺は、俺たちは何のために生きればいい。どこへ……行けばいいんだ』

俺は彼女のわがままを、聞いてやることなどできなかった。

この先、悪妖《あくよう》のまま長い時を彷徨《さまよ》うことになると、予感していたとしても。

持てる力の全てをもって、溢《あふ》れる血を止め、傷口から体内に入り込んだ死に直結する呪《じゅ》詛《そ》を排除し、枯渇した霊力を補うために自分のそれを分け与えた。

きっと、酒呑童子もそうしただろう。

彼女がこんな場所で死んでしまうなんて許せない。

許せない許さない。ここで彼女を死なせてしまったら、自分を一生恨んでやる。

『ごめんなさい、ごめんなさい、スイ。あなた、こんなに私のために……それなのに、私』

茨姫はずっと泣いていた。

泣き虫茨姫。かつて同じようにずっと泣いていたか弱い姫を、俺は知っている。

だが今はもう、夫を殺した者たちへの憎しみを忘れられない、復讐《ふくしゅう》に生きる悪妖だった。

たとえ仇《かたき》を討ったとして。

その〝首〟を取り戻したとして。

酒呑童子も生き返らないし、大江山の狭間《はざま》の国《くに》ももうない。

失ったものは、何一つ取り戻すことなどできないと、きっと分かっていたはずなのに。

いや、わかっていたからこそ、もういいと、あの男の元へ行きたいと、俺にだけ本当の望みを吐き出したのかもしれない。だけど、俺は……

『茨姫、疲れたんだろう。もう、全て忘れて、生き延びるためだけに静かに暮らそう。俺がずっとそばにいる。俺が、あなたを守るから』

酒呑童子の代わりで構わない。

その寂しさを拭《ぬぐ》い去ることができなくても、俺は。

『……ダメよ、スイ。私は悪妖。綺麗《きれい》なあなたを汚すわけにはいかない』

『俺は、綺麗なんかじゃないよ、茨姫』

茨姫は、やはり俺を選ぶことなどなかった。

死、以外の平穏を、望まなかった。

彼女は生きている限り酒呑童子を忘れられないし、復讐をやめられない。

傷が癒《い》えたら俺の元を離れ、終わりの見えない戦いに身を投じた。

その先の彼女の名は、大魔縁《だいまえん》茨木童子。

時に大魔縁様と呼ばれ、茨木童子であったことも、女であったことすら忘れられていく。

なぜなら彼女は、理性を保つため顔に札を貼り、長く美しかった髪を三つ編みに結い、飾り気のない喪服のような黒い着物を身につけていたからだ。

源頼光とその四天王は、茨木童子をはじめとする大江山の残党に討たれた者も、負わされた傷によって死んだ者もいて、結局一人残らずこの世から去った。

それでも茨木童子の戦いは終わらない。

酒呑童子の首が、見つからない。

どこかに封じられたと聞いたが、それがなぜだか、どこにも無いのだ。

やがて、あやかしたちは噂し始める。

酒呑童子の首を手に入れた者こそが、この世を統べるあやかしの王となるのだ、と。

大妖怪《ようかい》はこぞってそれを求めた。ゆえに茨木童子の戦いもまた、果てしないものになってしまった。

俺は茨木童子の一の眷属だった者として、ただ、心に決めていたことがある。

その戦いがどれほど過酷で、長いものになろうとも。

あの時、一度だけ死を望んだ茨姫に、生きることを求めてしまったのだから。

最期を見届けるのは、俺でなくてはならない。

〇

俺の名は水連。愛称はスィ。

馨《かおる》君たちから逸《はぐ》れ、狩人《かりゅうど》のライと戦う真紀《まき》ちゃんすら置いて、俺は一人、ある女の元へ向かっていた。

「んふふ。あなたが妾の元へくることは、分かっていましたよ、水連」

「……ミクズ」

森の奥、断崖《だんがい》に囲まれた場所に、秘書風スーツのミクズが佇《たたず》んでいた。

色気たっぷりの眼差《まなざ》しでこっちを見つめ、くすくす笑って俺を誘惑する。

「さあ。返事を聞きに来ましたよ、水連。あなたが妾のものになるというのなら、霊力を元に戻してあげましょう」

そして白く冷たい手で、俺の頰に触れる。

「身に覚えはあるかと思いますが、〝神便鬼毒酒《じんべんきどくしゅ》〟の霊力封じの効力は約十日続きます。効果切れを狙っても、今はまだその時ではありません。なので抵抗しても無駄ですよ」

あー……。そういえばミクズの奴、俺を自分の眷属にしたいとか言って、取引を持ちかけてきたんだっけ。

「その神便鬼毒酒なんだけどさあ。効力切れ以外に解毒する方法ってあるの？」

「何をおっしゃるのやら。そんなものあるわけないでしょう？　神便鬼毒酒は異界の酒です、お忘れですか？」

なるほど。相手は解毒剤を持っていないのか……

「……あいたっ！」

「はい？」

「あたた。目に砂埃《すなぼこり》が入った。いった〜」

「………………」

俺は「目が痛い」などという迫真の演技で、自分が身につけていた片眼鏡《モノクル》を取り外す。

「大丈夫ですか？　こんな時に砂埃が目に入るなんて……呆《あき》れた男」

ミクズは心底、呆れたため息をついていたが、

「ふふ、ミクズさんこそ俺がいったい何のあやかしなのか、すっかり忘れているようだ」

この言葉と、あやかしらしい悪どい表情で、彼女はすぐに察しただろう。

俺が何か、企《たくら》んでいるということを。

「この千年の間、俺が何にもしてこなかったと思うかい？」

この片眼鏡、おしゃれのためにしていたと？　キャラ付けのためとか？

目が悪いわけでもないのに身につけ続けていた、これ。

「俺はねえ。この千年の間、あの毒酒を克服する術《すべ》があったならと何度思ったかしれない。時間を巻き戻すことはできないけれど、へこたれずに研究し続けた俺はあっぱれだよね。いつかこういう日がくるかもしれないって、ずっと、ずっと、備えていた」

「水連。お前……」

途端に、片眼鏡のレンズが水に変わる。そしてそれを、俺は一気に飲み干した。

実のところこれは〝飲み薬〟である。

封じられていた霊力は、乾いた大地に染み渡る水のごとく、じわじわと復活する。

「ま……まさか」

ミクズが心底、驚いてくれている。

ああ。最高の気分だ。お前のそんな顔を見たかったよ。

「ずっと、考えていた。あの時、俺ができたはずのこと。ありがとう千年。千年あれば、天才薬師の俺は、その毒酒を克服する解毒剤くらい生み出せるんだよ」

ミクズに向かってニヤリと歯を見せて笑い、

「何もかも、何もかもお前を殺すために備えて来たことだ、ミクズ」

その殺気を隠すこともない。

「……なるほど。要するに、返事はノーと、言うわけですね」

「当たり前だろう。お前の仲間に？　ははっ、死んでも嫌だね」

ミクズは頬に一筋の汗を流しながらも、面白いと言いたげな笑みを浮かべていた。

霊力は戻り、俺は自由だ。

体から迸《ほとばし》る霊力が大地を這《は》い、やがて無数の水の刃《やいば》となりミクズを襲う。

しかしミクズは酒呑童子と肩を並べる大妖怪。二尾の白拍子姿になると、その尾を振ってそれを蹴《け》散《ち》らした。

「水連。あなたはやはり天才ですよ。神便鬼毒酒の解毒剤を生み出したとは予想外でした。お見事です。だからこそ、妾はあなたの力が欲しい！」

ミクズは膨らんだ尾の中から大きな鉄扇を取り出し、それを扇《あお》いで管狐火《くだきつねび》を差し向けた。

だが小さな狐火など水蛇《みずち》が喰《く》らい尽くす。陰陽道《おんみょうどう》の五行相剋《そうこく》の理《ことわり》でも、水は火に勝つと言うだろう？

しかしミクズは、さらなる巨大な狐火を召喚し、

「そーれ！」

鉄扇を強く扇いで俺にけしかける。

水の壁を作って防いだが、全てを防ぐには炎の威力が強く、俺は一匹の狐火に飲み込まれてしまった。

「うわああっ！」

水のくせに、火に押し負けるなんて情けない。

だがそれだけミクズの力が強力だということだ。そもそも俺は一対一の戦闘に向いてるタイプじゃないんだよなー。

「どうしました水連。お得意の策と術で何かやってみてくださいな。あまりに呆気《あっけ》ないと妾も退屈です」

わざとらしくあくびしているミクズ。

「あっちち。ていうかミクズさん、オークションの会場の方へは行かなくていいの？　あっち結構やばいことになってるけど」

俺は煤《すす》を払い、先ほどのオークション会場の有様を思い出しつつ立ち上がる。

「ああ……別に。あっちがどうなろうと妾は構いません。人外オークションだなんて、所《しょ》詮《せん》は人間たちの格の付け合い、欲望の押し付け合いでしょう？　哀れでお粗末な人間たち。檻《おり》に入れられたモノを見て、優越感に浸っている」

「ふうん。じゃあなぜあなたは、こんな趣味の悪いことに加担しているんだい。悪事の中でも相当ダサい方だと思うんだけど」

この女の魂胆がわからない。

自身もあやかしでありながら、あやかしを虐げることをするなんて。それでいて客である人間を馬鹿にし、助けようともしない。

客がいなくなったら、人外商品をどれほど売ったって金は入ってこないのに。

そこに生まれるのは、双方への憎悪や反感、いわゆる〝ヘイト〟だけなのに。

いや……むしろそれが目的なのか？

「まあ。妾の謀《はかりごと》を探るおつもり？　そんなイヤラシイ目でじっとり見つめて」

「すみませんねえ、イヤラシイ目で」

ミクズは憂いたっぷりの目元を伏せ、袖《そで》で口元を隠す。

視線だけが交錯し、お互いの腹の内を読みあっていたが、

「ま、いいでしょう。あなたは妾のお気に入りなので、一つだけ教えてあげます」

何を考えているのか、ミクズはあっさりと。

そして狐の瞳《ひとみ》をぼんやりと光らせながら、

「このような大きな舞台で、大事な者たちの命がかかっている状態で……数人、接触させたい者たちがいたのです」

「接触？」

誰かを誰かに、会わせたかった、ということだろうか。

「ただそれだけのために、こんな舞台を？」

「ただそれだけのため？」

何がおかしいのか、ミクズは気持ち良いほどの高笑い。

「何を言うのです水連。一つ一つの出会いは、決して偶然なんかじゃないのですよ。千年

前だってそうでしょう？　あなた方が妾を朝廷より助け出した。ゆえに、狭間の国は滅亡した」

「…………」

「どこから妾の謀で、どこからあなた方の敗北だったか。あなたは全てをわかっていますか？　出会いが人を変えることもあれば、出会いが企みのきっかけを生むこともある。出会いこそ、未来の分岐点なのです。それがわかっていないのなら、今日の出来事が後にどんな未来に繋《つな》がっているのか、あなたに読み切ることはできないでしょう。それすなわち、備えることもできず、勝利もないということです」

「……はあ。なるほど。ためになるお話をありがとう」

確かに、ミクズの言う通りかもしれない。

海賊を使った人外オークションという大げさな舞台で、今、各々が何かと、誰かと出会っている。俺の知る由のない未来が、動き始めているというのか。

「だけどそれって、ミクズさんさえいなくなれば、全部なかったことになるんじゃないですかね〜？」

俺は腕を組んで、とぼけた顔して斜め上を見る。

「おほほほほほほ！　無理無理無理無理、無理ですよお。あなたごときでは、妾には敵《かな》いませんもの」

　ミクズは余裕ぶっているが、彼女が高笑いしている間に、俺もまたほくそ笑む。迫り来る獣の足音を、背後に捉《とら》えながら。

「そうかな？　お前を憎んでいるのが、俺だけだと思ったら大間違いだ」

　ビュッ――

　風を切って、断崖を飛び降りて現れたのは、二匹の獣。

　巨大な、虎と熊だった。

　月をバックに、彼らは獣の瞳をギラつかせながら、空中で元来の姿へと戻る。それも、かつて大江山に居た頃のような、勇ましい直垂《ひたたれ》姿に。

「⁉　お前……たちは……っ！」

　不意打ちにも近いこの二人の登場に、流石のミクズの霊力も乱れた。

「ここで会ったが千年目じゃ。女狐め」

「心臓を潰《つぶ》し首を落とすまで、帰るつもりはありませぬ」

　虎童子《とらどうじ》と熊童子《くまどうじ》、鬼獣《きじゆう》の姉弟《きょうだい》だ。

　大江山の製鉄技術で作った棘棍棒《とげこんぼう》と鉞《まさかり》を振り上げ、持ち味である渾身《こんしん》の力でミクズめがけて振り下ろし、大地ごと抉《えぐ》る。

　想定以上の衝撃が周囲の木々をなぎ倒した。土ぼこりが舞い、俺は袖で顔を隠しながらその場に留《とど》まるだけでも精一杯だった。

「……そういえば、あなた方みたいなのが居ましたね、あの大江山には」

しばらくして視界が晴れた。

ミクズはこの攻撃を回避し、背に管狐火の籠目《かごめ》を作って衝撃を吸収させ、なんとか耐えたようだ。少なからずダメージをくらい、腕から血を流している。

「酒呑童子の右腕、虎童子。そして左腕、熊童子。大江山の大幹部であり、将軍だったあなた方が、なぜここに」

「なぜ、じゃと？」

大江山の大幹部だった虎童子。そう、虎君は棘棍棒を埋まった地面から引き上げると、肩に担ぎ、ミクズを睨《にら》みつける。

「ふざけたことをぬかすもんじゃな、ミクズ。千年積み上げた恨みを、やっと晴らすことができるってのに」

虎君は、誰よりミクズを恨んでいる。

狭間の国を崩壊に導いた、この女を。

「王が戦っておられるのに、我らがここに馳《は》せ参じぬ道理はありませぬ。我らの命は、今世もあの方と共に」

もう一人の大幹部、熊童子。そう、熊ちゃんの酒呑童子への敬愛と忠誠心は、あの時代から少しも歪《ゆが》みなく、清らかかつ鮮烈なものだ。

酒呑童子を裏切った、元同列の立場だったこの女を、この二人は決して許すことなどできないだろう。

「んふふ……おほほほほっ。あなた方は死んだと思って、その存在を頭からすっかり消し去ってました〜」

ミクズは平静を保っていたが、実際はかなり焦っている。俺にはわかる。

「まあ良いでしょう。少し予定が変わりましたがー……」

「煩《うるさ》い」「黙れ」

ミクズが何か言い終わる前に、二人は馳せる。決して口車には乗らない。

息のあったコンビネーションでミクズを囲み、踊るように武具を振り回し、容赦無く命を取りに行く。打ち込んで、打ち込んで、打ち込んで。巨大な得物の動きが、目で追えないほどに。

ミクズはそれをギリギリ避《よ》けているが、足場が壊れて行く中で徐々に形勢は不利になっていく。俺も術で水を操り二人をサポートした。

そう。ミクズは焦っている。

だって、この二人は強いから。

「悠長にしているほど、わしらは甘くないぞ」

「獲物を仕留めるのに、駆け引きは無用です」

虎君が大げさに仕掛けたと思ったら、その隙を見逃すことなく熊ちゃんの鉞がミクズの背をざっくりと切り裂いた。あのミクズの表情が、苦痛に歪む。

「……チィッ」

戦闘力という点では、他の幹部や眷属《けんぞく》も及ばないほど、圧倒的な〝暴力〟を備えていたのが、虎童子と熊童子だった。

普段が穏やかだからこそ、一度獰猛《どうもう》スイッチが入ると、きっと酒呑童子にしか止められない。

この二人のミクズに対する憎悪は、俺にすら測りきれない。

当然だ。彼らは酒呑童子とずっと行動を共にしていた、腹心中の腹心だった。

誰より酒呑童子を尊敬し、その理想を信じ、かの王の作った国のため手足となって働いた。

茨木童子よりもずっと先に酒呑童子と出会い、歩み、そして最後まで忠誠を果たし尽くした、狭間の国の将軍たち。

今は漫画家であっても、その戦闘能力は衰えを知らない。

ミクズは予想外の強敵の出現に怯《ひる》んでいる。

――これは、絶好のチャンスかもしれない。

せめて、せめてあの女の命を〝一つ〟でも持っていけたなら、この先、真紀ちゃんと馨君の障害を一つ取り除けることになる……っ。

「虎君、熊ちゃん！　俺がミクズを捕える。俺の身を案じることなく、確実に〝一つ〟持っていけ！」

「⁉」

虎君と熊ちゃんは、すぐに俺の考えを察しただろう。だが何も言わず、確かに頷《うなず》く。

さあ……盛大な復讐《ふくしゅう》劇の始まりだ。

俺と一対一なら大丈夫って思ってたんだろうけど、ミクズの誤算は二つあった。

一つは、俺が神便鬼毒酒の解毒剤を生み出していたこと。

もう一つは、虎童子と熊童子の存在を見落としていたこと。

俺は巨大な水蛇の姿に変化した。この姿になったのは久々だった。

コポコポと水泡を抱く透き通った体でぐるりと円を描き、自らの尾を嚙《か》み、その中心にミクズを閉じ込める。

「⁉　これは……っ」

大蛇の体から無数の水の紐《ひも》が放たれ、それは蛇の如くミクズに絡みつき雁字《がんじ》搦《がら》めにしてしまう。ミクズは無理やり引きちぎろうとしたが、水というものは千切れても千切れても、また再生するのでね。

水緊縛の術。

これは、自らの霊力を全て使った捨て身の術だが、確実に相手を捕獲し、そしてもう逃がさない。どれほど強い大妖怪《ようかい》であろうとも。

「水連、あなた何を考えているのです。これはあなたと妾の〝命〟を同調させるもの。たとえ妾を捕え、命を持っていったとして、あなたも……っ！」

「だからだよ、ミクズ——さようなら」

ミクズの心臓を、背後から鋼鉄の槍《やり》が貫いた。

そしてほぼ同時に、ミクズの首が落ちる。

虎君の棘棍棒は先の部分を取り外すと槍になる仕組みだ。目にも留まらぬ速さでそれを投げ、ミクズの心臓をとったのだ。そして熊ちゃんの鉞が、酒呑童子の恨みを思い知れと言わんばかりに首を落とした。

それは千年越しの仇討《かたきう》ち。

無惨な死体を、冷めた目で見下ろしている。

「…………」

結局のところ、俺たちは人間ではない。

だけどこんなことを今の真紀ちゃんや馨君にさせたくなかったし、こんなもの、今の二人には見せたくなかった。これは俺たちでやらなければならない、使命だったのだ。

「まさか、酒呑童子や茨木童子ではなく、その眷属どもにここまで追い詰められるとは

「……」

だがミクズもしぶとい大妖怪だ。

これほど殺《や》り尽くしても、まだ喋《しゃべ》るんだから。

「ですが、ふふっ。妾にはまだ、あと一つ命がある」

「そんなことはわかっている。だけど次が最後だ。お前にはもう後がないよ」

それでもミクズは笑っていた。不気味な笑顔のまま、息絶えた。

「……っ」

水緊縛の術を解き、俺は大蛇の姿のまま体をくねらせ、倒れた。

この術は禁術だ。術を行使している間は絶対に敵を逃がさないが、相手を殺した際、その死に伴う〝陰〟の気が、自らの体に跳ね返る。

人もあやかしも、死ぬ時ってめちゃくちゃエネルギーを使うからね。要するに、俺もめちゃくちゃダメージを負うのだ。

「大丈夫か、水連！」

「ありがとう虎君。それに熊ちゃんも。君たちが来てくれてよかった」

「いいえ、あなたに水緊縛の術を使わせてしまったのです。ミクズは逃げ足の速い女。あなたの術が無ければ、おそらく逃げられていたでしょう。……ですが、奥方様に、なんと言えばいいか」

「あはは。言っとくけどまだ死んでないよ？　安静にしとけば助かるかもしれないし」

「…………」

水の大蛇から、元に戻れずにいる。

体に、黒い斑点《はんてん》が浮かびつつある。

そんな俺に触れ、熊ちゃんは辛《つら》そうに視線を落とす。昔から仲間思いの女性だ。

一方で虎君は俺の気持ちを理解してくれているのだろう。男らしい顔をして何も言わずに、ミクズの死体を確認しに行く。

「……こやつはちゃんと死んだじゃろうか」

「いいや、結局一つ命を持っていったにすぎない。ミクズはあともう一度、転生できる」

「厄介な女じゃ。しかし、あと一度か」

終わりがあれば希望も見えてくる。

ホッと安堵《あんど》した、その矢先だった。

ミクズの遺体の下から管狐火が一匹飛び出し、ぐんぐんと空に昇り、それが花火のように弾《はじ》け、光を放って夜空に散る。

なんだ。今、何かを……呼んだ……？

「!?」

森がざわめき、空気が緊張する。

そして――

空より雷火のごとく落ちて来たのは、狩人《かりゅうど》の、あの〝ライ〟だった。

「ミクズ様……」

ライはミクズの凄惨《せいさん》な遺体を見て、強く拳《こぶし》を握りしめ、俺たちへの敵意をますます増幅させている。

随分と手負いのようだが、だからこそ強い殺意がよくわかるのだ。

あやかしに対し、あれほど強い殺意を抱ける者を、俺はただ一人だけ知っていた。なぜかこの時、ふとその〝一人〟が頭をよぎり、嫌な予感がして俺は叫ぶ。

「虎君、熊ちゃん、もういいそこから離れろ！　そいつは、もしかしたら……っ」

ほとんど力の残っていない状態で奴が来てしまったのは、不運という他ない。

それは、一瞬の出来事だった。

まず熊ちゃんが雷光のように早い奴の攻撃に対応できず、重く蹴《け》り飛ばされ、

「あね様！」

虎君が彼女の背後に回り、庇《かば》う形で共に背後の断崖《だんがい》へと激突する。

その衝撃で断崖が一部崩れ落ち、激しい音が鳴り響く。

あの屈強な二人が、ただその〝ひと蹴り〟だけで地に伏したのだ。

いや、ただの蹴りじゃない。あの足はどうやら義足で、あやかし殺しの呪詛《じゅそ》が施されて

いる。要するに、義足という名の〝呪具〟だったんだ。

ライはミクズの体から槍を引き抜き、ギシギシと音のなる義足で血だまりを進んだ。

「……お前も死ね」

そして、弱り切った大蛇の俺に槍を突き落とす。槍を抜いて出来た傷口を、あの義足で強く踏みつける。

「ぐわああっ、ああああっ！」

鋭い痛みが体を走る。大蛇の体が暴れ、森の木々を倒した。

どのみち水緊縛の術で体内はボロボロだったが、これは……

ああ、死ぬな、と。その確信があった。これが致命傷になるだろう。

だが一番の致命傷とは、俺がそう思ってしまったこと。

自分の役割は終わったと、なんだか少し疲れたと、思ってしまったこと。

もう、ここまでか……

「スイ。スイ……っ！」

だが意識が遠のくその先で、日々聞いているはずなのになぜかとても懐かしいと感じる、彼女の声がした。

ライもまたその声にハッとして、顔を上げた。

直後、自らに覆いかぶさる烏に驚き、身をよじって後退した。

「貴様、スイから離れろ！」

俺を助けてくれたのはミカ君だった。役立たずで寝坊助《ねぼすけ》の、あのミカ君。

さらに背後からリン君が現れ、二刀の刃で奴と切り結び、俺から遠ざける。

かつて兄弟眷属だった二人が、俺を守ってくれたのだ。

「相手は人間よ！　ミカは引いて虎ちゃんと熊ちゃんを守って傷の手当てを！　リン、スイを助けるまでその男を押さえ込んで！　深追いは禁物よ！」

ああ。あの方が、指示を出している。

霞《かす》む瞳《ひとみ》で、長い間焦がれ、夢にまで見た愛《いと》おしい姫の姿を、俺は見ている。

「スイ、スイ、しっかりして！」

小さく柔らかな熱い手が、水の大蛇の姿をした俺の冷たい体に触れた。

いつか会えるかもしれないと、その可能性を捨てきれずに形見の髪を持ち続け、あの薬を作ったのだ。

もし、もう一度会えたなら、俺は死んでもいいとさえ、思っていた。

「あはは……使ってくれたんだね、あの薬」

泣きたいほど、嬉《うれ》しかった。

「会いたかったよ、茨姫」

千年ずっと、その姿を追いかけた。

夢の中で、絶望の中で。

生き続けることを、命じられたからではなく自ら選び、変わりゆく時代に流されるがまま、答えの出ない迷宮を彷徨《さまよ》い、幻影を追いかけ――そしてまた、君に会えた。

「スイ。どうしてこんな……っ、綺麗《きれい》な体が、陰の気に蝕《むしば》まれて」

「俺は、綺麗なんかじゃないよ、茨姫」

いつかもこんな風に、答えた気がする。

「泣かないで、茨姫。俺は長く生き過ぎた。ドッと疲れが出てきたよ。今はもう……生への執着がまるでないんだ」

「なに、言ってるの、スイ」

「水緊縛の術を行使してミクズを殺した。この術の反動は、君も知っているだろう。ミクズの〝死〟が俺に跳ね返っている。それに、さっき致命傷を負った」

君はきっと褒めてはくれないだろう。

それでもいい。俺は長年抱き続けてきた夢を叶《かな》えた。

ミクズに一泡吹かせ、その命を持って行くこと。

そして、真紀ちゃんや馨君の未来を繋《つな》ぐこと。

あなたに再び会うこと。

愛しい茨姫に抱かれ、この世を去る。誰が見ても羨《うらや》ましい幸せな最期だ。

「嫌よ」

だけど真紀ちゃんは怒りに震え、首を振り続けていた。

どうぞ、盛大に俺を叱ってくれ。それもまた本望だ。

「嫌だ嫌だ嫌だ！　助けにきたのに……たくさん、助けられてきたのに！　スイがこんなところで死ぬなんて許さない」

それはまるで、いつかの俺の言葉のよう。

「許さない。あの時お前は、私を死なせてくれなかったくせに！」

茨姫の強い言葉は、もう死んでもいいと思っていた俺を強く引き止める。

茨姫。いや、真紀ちゃんは自ら腕の腹を刀で斬り、溢《あふ》れる鮮血を口に含むと、先ほど槍を差し込まれた大蛇の傷口にその唇を寄せて、流し込む。

「……真紀ちゃん」

衝撃的な瞬間だった。

これは〝眷属《けんぞく》の契約〟でもあったからだ。

彼女はボロボロと涙を零《こぼ》して泣いていた。多分、とても必死だった。俺をこのまま逝かせないために。

何度も自らの血を口に含み、致命傷となった傷口に流し込む。

あやかし殺しの呪詛により青黒く膿《う》んだ傷口に。

「やめ……やめてよ、真紀ちゃん。君が、汚れてしまう」

「嫌だ！　やめない！」

彼女は自らの血にまみれて、赤く、赤く、赤く染まって、今度は子どものように両手を広げ、泣きじゃくりながら俺の体に縋《すが》っていた。

今世、こんなに取り乱す彼女を、俺は見たことがなかった。

「嫌だ。嫌だ……っ。まだ死ぬことを許さない。私が人生を全うして死ぬまで、ずっと側にいて忠義を尽くせ。縛ってやる……縛ってやる！　お前は私の眷属なのよ」

血が……彼女の血が、水の大蛇に染み渡る。

黒が赤に反転していく。

彼女の血が含む破壊の力は、かつてよりずっと力を増していて、それはミクズの死の反動による〝陰〟の気を取り除き、死を覚悟していた俺の、その〝確信〟を壊してしまう。

要するに俺は、一度確定した死を回避したのだ。

生きるために最も効果的だったのは、眷属という一生を縛る契約に、生きる意味と気力を得たことだと言っていい。ならばまだ死ねないと思うことが、大事だった。

俺は再びあなたの幸せだけを考え、一生を捧《ささ》げる奴隷になる。

まあ、今までもそうだったんだけど、より明確な立場があるのは、やっぱりいいよね。

「真紀ちゃん……真紀ちゃん」

やっと人の姿に戻り、俺の胸に縋って泣きじゃくる真紀ちゃんの背を、トントンと撫《な》でた。

真紀ちゃんは顔を上げる。茨姫様の美しい瞳を潤ませて。

俺のために、こんなにも泣いてくれて……

「ありがとう、真紀ちゃん。俺をまた、眷属にしてくれて」

俺は自分の着物の袖《そで》で、獣を食らった鬼の如く血濡《ぬ》れた、真紀ちゃんの口を拭《ふ》いた。

彼女はしばらく幼い子どものように俺に口元を拭かれていたが、また苦しそうに表情を歪《ゆが》め、

「いつか、こういうことがあるんじゃないかって……思ってたの」

俺の胸の上に、コツンと額を押し当てる。

「でも、だからこそ、スイだけは眷属にしたくなかったのよ。だってスイは、私に償い続けようとするじゃない。その一生と、命を投げ出してまで。スイは十分私に尽くし、私のために苦しんだ。……だからもう、自由になって欲しかった」

らしくない、弱々しい口調だ。真紀ちゃんの声は震えていた。

「そんなの……無理だよ。無理に決まってる」

俺は苦笑して、長く息を吐く。

あーあ、我ながらどうしようもない男、って感じのため息を。

「契約があろうとなかろうと、俺の全ては千年前からずっと、あなたのものだ。償いなんかじゃない。これはもう、ただの愛なんだ。あなたが嫌でも押し付ける。俺はしぶとく、諦《あきら》めが悪く、粘着質で一方通行だからね。でも、それを許してもらえるのなら、俺は君との絆《きずな》が欲しいよ。主《あるじ》とその眷属っていう絆が」

痛みがあるが、もう死ぬ気はしなかった。肉体が偉大な血と霊力で蹂躙《じゅうりん》される、この心地よい感覚を久々に覚えている。

ああ、これぞ主と眷属の絆。

俺の想いは、きっと今、報われたんだよ。

たまらん……生きよ。

「――――っ、おい、そっちに行ったぞ茨姫！」

いい気分に浸っていたというのに、切羽詰まった凛音《りんね》君の声が響いた。

ハッとして真紀ちゃんが顔を上げると、殺気立ったライが槍《やり》を構えてそこにいる。

まるで瞬間移動でもしてきたかのような速度だ。あの真紀ちゃんですら対応できない。

しかし、槍の切っ先がこちらに届く前に見えない壁に弾《はじ》かれる。

奴の背後にもまた、刀を構え血走った眼の〝鬼〟がいた。

「お前の相手は俺だ。そいつらに手を出すな！」

酒呑童子——

あやかしの王たる猛々《たけだけ》しい姿もまた、千年前から変わらない。

この局面で駆けつけた馨君が、酒呑童子の姿で敵と対峙《たいじ》し、俺と真紀ちゃんを守ってくれたのだ。

ライは馨君がそこにいることを知るとすぐに体勢を立て直し、もう俺たちには目もくれず彼に向かっていった。

「馨！　気をつけて、敵の目的はあんたよ！」

「わかっている。凛音、援護してくれ！」

くそ〜、結局かっこいいところは、あいつらが全部持って行っちゃうのかよ。

凛音君と、酒呑童子の姿をした馨君が、二人がかりでライと戦っている。

なんだか、いつかの大江山の光景のようだ。あの二人は全然仲良くなかったけど、お互いの剣の腕だけは認め合って、戦闘において協力することは何度となくあったからな……

「おい、大丈夫か！」

俺たちの元に、津場木茜《つばききあかね》が遅れてやってきた。

「ねえ津場木茜……っ、スイの血が止まらないの。どうしよう、せっかく生き延びたのに、このままじゃ」

「狼狽《うろた》えるな！　急所は外れてるんだ、何とかなる」

茜君は俺の胸元を開き、治療用の札を湿布のごとくペタペタ貼ってくれた。あやかし嫌いな彼でも、立派な陰陽局《おんみようきょく》の退魔師なんだなあ。

「君に治療される日が来るとは思わなかったよ～、茜君」

「何だ、喋《しゃべ》れるじゃねーか。全然大丈夫だな」

強めにバシッとお札を貼られて、傷のある横腹に痛みが走る。いやいや、もっとちゃんと優しくしてください。マジで死にかけたんですよ俺！

「そうだ……二人とも、あっちにミクズの遺体がある。どうにかしないと」

「遺体？」

真紀ちゃんと茜君が顔を上げ、ギョッとしていた。

いつの間にかミクズの遺体の傍で、あの金華猫《きんかびよう》がおいおい泣いていたのだ。

「あーん、ミクズ様がめちゃくちゃにされてる！　首切って心臓をぶち抜くなんて、誰がこんな酷《ひど》いことを～っ。でも大丈夫、金華ちゃんがすぐに生き返らせてあげますからね」

何と……

金華猫は巨大な猫の姿となり、ミクズの遺体をむしゃむしゃ食べてしまった。

あまりに異常な光景で、俺も、真紀ちゃんも茜君も絶句してしまう。

「ライーっ。ミクズ様の体は無事回収したからもういいにゃ。陰陽局が倉庫群を制圧しちゃったし、バルト・メローにも、もう用はない。さっさと戻ってミクズ様転生させなくちゃ～」

馨君と凛音君により、断崖《だんがい》に追い込まれていたライは、金華猫の声を聞くとその壁を蹴《け》って勢いをつけ、二人の間を飛ぶように抜けた。そしてすぐに金華猫の傍へ。

『ライ、お前も共においで。お前がこれから何と戦い、何をして、何を手に入れるべきなのか、それがよくわかったでしょう？』

その言葉は金華猫から発せられたものだったが、ミクズの声そのものだった。

ライは無言のまま、一度こちらを見て、そして彼女たちについていく。

「おい、待てお前たち！　逃がさねーぞ！」

津場木茜が立ち上がり、彼らを追おうとしたが真紀ちゃんが腕を取って止めた。

彼女は首を振り、そして敵を睨《にら》みながら。

「ミクズの命は一つ持っていった。スイや、虎ちゃんや熊ちゃんがやってくれた。今回はそれで十分よ。それより手負いの皆と、囚《とら》われているあやかしを助けなくちゃ」

真紀ちゃんは冷静だった。

消耗しきった状況で彼らを追えば、こちらも多くを失うことになるとわかっていた。
ミクズを一度葬ったとはいえ、敵にはライも、金華猫もいる。
おそらく、まだ見ぬ大物たちも控えている。
今回は、敵の姿とその思惑が見えてきただけで、もう、いっぱいいっぱいだった。

第九話　帰るべき場所

かつて大江山《おおえやま》に存在したあやかしたちの〝狭間の国《はざまのくに》〟には、酒呑童子《しゅてんどうじ》という王と、茨木《いばらき》童子《どうじ》という女王が君臨していた。

酒呑童子の部下には、虎《とら》と熊《くま》の鬼獣《きじゅう》の姉弟《きょうだい》、屈強な雪鬼《ゆきおに》、妖艶《ようえん》な狐が。

茨木童子の眷属《けんぞく》には、賢い水蛇《みずち》、藤の木の精霊、二刀流の吸血鬼、黄金の瞳《ひとみ》を持つ八咫《やた》烏《がらす》が仕えていた。

それは、千年も昔の、御伽草子《おとぎぞうし》——


「みんな生きてるわね」

ボロボロだけど、誰一人欠けることなくみんな生きている。

それが一番大事で、勝ち負けより重要なこと。

「つーか茨木真紀《まき》。お前も流血酷いぞ。治療用の札を貼って血を止めやがれ」

「ああ。ありがと津場木茜《つばききあかね》」

あの津場木茜が私を気遣うので、スイに貼ってた治療用のお札を、自分の腕にもペタペタ貼ってみた。

「虎、熊、しっかりしろ。お前たちがこんなに大怪我したら、泣く子どもたちがたくさんいるんだぞ！」

「お頭、お頭」

「我が王、そのお姿は……っ」

虎ちゃんと熊ちゃんは重症で、小さな子虎と子熊の姿になってしまっているが、幸い命に別条はなく二匹とも意識はしっかりとあるようだ。

体の痛みより、むしろ酒呑童子姿の馨《かおる》に感激してボロボロ泣いている。馨はそんな二匹をぎゅっと抱きしめ、もふもふの体に顔を埋めていた。

私もまた彼らに駆け寄り、二匹の背を撫《な》で、

「虎ちゃん、熊ちゃん、来てくれてありがとう。スイに聞いたけれど、あなたたちが最後にミクズを仕留めてくれたんでしょう？　汚れ仕事をさせてしまったわね」

「何を言うんじゃ、奥方様。これはわしらの復讐《ふくしゅう》であり、けじめじゃよ」

「そうです。水連《すいれん》殿と共に、どうしても為《な》さねばならなかったこと。……それに我々の回復力はあなたもご存じでしょう？　ご安心ください」

「…………」

眉根《まゆね》を寄せて、小さく頷《うなず》いた。

普段は穏やかな二人だが、彼らの中で燃え続けていた仇《かたき》への憎しみの大きさは、ミクズの遺体の様子から生々しく伝わってきた。

スイもそうだ。自らの命を危険に晒《さら》してまで、ミクズを討ち倒したかったのだ。

私と馨は、お互いに今、自らの業を思い知っている。

私たちの命は、決して自分たちだけのものではない。私たちの行動や結末が、部下や眷属たちの生涯を縛る。彼らが私たちを、大事に思ってくれているほどに。

「おい、陰陽局《おんみようきよく》の救護班を呼んだ。怪我人は彼らに任せ、動ける者たちは海岸の倉庫群に行くぞ。あっちにはまだバルト・メローの残党がいる。ミクズたちはあくまで黒幕だ。表の敵を片付けねーと」

津場木茜が、多少申し訳なさそうにして私たちに指示を出した。

スイ、虎ちゃん、熊ちゃんをその場に留《とど》め、陰陽局の救護のヘリが来るまでミカに警護の指示を出し、私たちは海岸の倉庫群に向かう。

この時にはすでに、凛音《りんね》の姿はなかった。

「そうだ真紀。大和《やまと》さんだが、無事に救助し保護した。もう安心だ」

「本当⁉　よかった、組長生きているのね！」

「ああ。衰弱が見られたが命に別状はない。それと、もう一つ……お前は驚くだろうが、どうやら大和さんは〝いくしま童子《どうじ》〟の生まれ変わりだったらしい」

馨の突然のカミングアウトに、私は「えっ」目を丸くさせたが、しばらく考え、

「そう。……でも、言われてみれば、思い当たることもあるわ。今の組長は真人間で、いくしま童子のような大きな雪鬼じゃないけど……目元が少し、似てるかも」

今まで考えてもみなかったことなのに、私はすんなりと受け入れていた。

むしろ、組長のような人と前世の絆《きずな》があったことが嬉《うれ》しいわね、と。

そう言うと、馨は少し照れ臭そうに笑った。

馨が特別、組長に心を許し懐いていたのも、無意識のうちに彼との繋《つな》がりを感じていたからかもしれない。


さて。海岸の倉庫群では、陰陽局の特殊部隊が敵を制圧しつつあった。

連なる倉庫には、あやかしや異国の魔物、人外生物たちが種族ごとに分類され収容されていたのだが、そのほとんどはすでに陰陽局が救出し、港に寄せている船に避難させられている。だけど、最も北側にある倉庫の前が、何やら騒がしくて……

「あなた方は完全に包囲されています。おとなしく降伏し、人質を解放してください」

すでにこの場に辿《たど》り着いていた青桐《あおぎり》さんが、スピーカーを片手に典型的な文句で投降を呼びかけている。いったい何があったんだろう。

その横で鵺《ぬえ》姿の由理《ゆり》と、軍人ばりの戦闘服姿の四神・玄武《げんぶ》が、何やら揉《も》み合っているようだった。

「だ——もうっ、面倒くせえっ！　こんなのバズーカぶっ放して突入すりゃいいんだよ！」

「ちょ、玄武さん！　そんな危険なもの構えないでくださいよ！　保護しないといけないあやかしまで、みんな吹っ飛びますよ」

「うるせえ！　こんなので吹っ飛ぶあやかしはあやかしじゃねえ！」

「みんながみんな、あなたみたいに防御力高いと思わないでくださいよっ！」

大妖怪《ようかい》と神様が二人揃って、何してるんだか。

青桐さんなんて、もうこの二人を無視して、相変わらず投降を呼びかけてるし。

「由理、これはいったいどういう状況？」

「ああっ、真紀ちゃん！　それに皆も無事でよかった」

由理は私たちの姿を見ると、ほっと安堵《あんど》したように胸を撫で下ろす。

「この中でバルト・メローの幹部たちが、人質ならぬ妖質《ようじち》をとって立てこもっているんだ。しかもこの倉庫に収容されていたのは浅草《あさくさ》のあやかしたち。青桐さんが投降を呼びかけても、ちっとも応じてくれなくて。それで玄武さんがしびれを切らして、バズーカ砲をお見舞いしようって」

「つーか玄武《こいつ》がいたなら、最初から手伝ってくれたらよかったものを」

「ええい！　甘えんな酒呑童子！　俺には俺で大事な任務があったんだよ！　大事な、任務がな！」

玄武は相変わらずうるさいが、あーだこーだ言ってる間にバズーカは引っ込めてくれた。

こいつは叶《かのう》先生の差し金だろう。私たちに直接関係のない任務を遂行していたということは、ここには他に何かあったのだろうか。

「ねえ馨君。君ならここの扉を開けられるかい？　立てこもっている海賊にバルト・メローの船長であるエキドナがいるんだ。何らかの術で、この倉庫を封鎖しているんだ」

ちょうど由理が、馨に相談をしていた。

というわけで、陰陽局の特殊部隊を背後に配置し、馨が再び狭間《はざま》結界の設定をいじって、ロックのかかった倉庫の扉を開ける。意外とすんなり開いたみたい。

ゴウゴウゴウゴウ……

重い扉が開いた途端に、中から絶え間無く銃弾が飛んでくる。

敵はしばらく銃を撃ち続けたが、しかしこちらにいるのは陰陽局のエキスパートたち。

あらかじめ放っていた護符が、銃弾を弾《はじ》く守護結界を成していた。私たちはそれに守られながら、降るような銃声の中倉庫に突入する。

「動くんじゃないよ！　こいつらがどうなってもいいのかい！」

銃声が止んだと思ったら、今度は甲高い女の声がした。

敵の中央に立っていたのは、派手な帽子の中年の女。檻《おり》に入れられた手鞠河童《てまりかっぱ》たちに銃を突きつけている。

あの女がバルト・メローの女ボスである、エキドナか。

人魚の鱗《うろこ》を貼り付けたギラギラコートは趣味がいいとは言えないな。

他の海賊たちも浅草のあやかしたちを盾に取り、最後の悪あがきをしているところだ。

私と馨が、一歩ずつ彼らに近づく。

「余裕ない顔してるわねえ。でも仕方ないじゃない。あんたたちが最初に、浅草に手を出したんだもの」

「因果応報って奴だな。そもそも真紀を攫《さら》おうとした時点で、身の程を知らねえというか、命知らずというか」

敵は「ええい動くな！」と叫んで、人質に取った浅草のあやかしたちに強く銃を突きつけるが、でもそれ以上、何も出来ずにいる
そうでしょうとも。鬼に、睨《にら》まれているのだから。

「大丈夫。みんな、今すぐ助けてあげるからね」

一方で、捕われのあやかしたちには、慈悲深い顔して微笑んだ。

彼らは私たちの姿に言葉を失い、涙を零《こぼ》し、なぜか拝んでいる者たちもいる。

「酒呑童子しゃま、茨木童子しゃまー。あー」

「浅草の水戸《みと》黄門《こうもん》でしゅ。大勝利フラグ立ったでしゅー」

ちなみに手鞠河童たちの気も早く、すでに勝利を確信し万歳三唱してる。

いや、まだあんたたちは敵の手中だから。

「ええい、うるさいよお前ら！　狩人《かりゅうど》たちはどうした！　ライは⁉　ムギは、メルは！　役立たずのクズどもめ、親に捨てられたところを拾ってやった恩も忘れて、あたしを見捨てようってのかい！」

エキドナは見苦しく喚《わめ》く。

「ちくしょう！　ミクズめ、ミクズめ！　あいつ、あたしの育てたライをたぶらかし、うちの船まで持って行きやがった！　あいつの提案したキメラの研究に、どれほど投資したと思っているんだ、あの女狐めえええええええっ‼」

もう詰んでいるのだと薄々気づいていながら、それを認められない。

見苦しいったらないわね。

「醜い姿だこと。バルト・メローの船長エキドナ」

「……⁉」

「狩人だろうが海賊だろうが、この件に関わった人間を私は許したりしないけれど、特にあなたは許せない。結局あなたは、あやかしというものを軽んじすぎたのよ」

か弱き者たちを攫っただけではなく、ミクズのような最悪のあやかしにすら手玉に取られ、利用されていたことに、最後になってやっと気がつく。

「なっ、何を生意気な！　小娘、お前の頭からぶち抜いてー……」

ヒュッ――

その言葉を最後まで聞くことなく、剣閃《けんせん》がエキドナを横切った。

その時すでに、私の刀が銃を持つ彼女の手首を切り落としていた。

「ぎぃやあああああああああっ！」

実際は手首を切ったように見せかけただけで、手鞠河童の檻に突きつけていた銃を払い落としたに過ぎない。それでもエキドナは、まるで本当に手を切り落とされたかのような痛々しい悲鳴をあげ続けていた。

要するに、あやかしに化かされ、脅かされたのだ。

「いい様だわ。存分に怖い思いをすればいい」

私は落ちた銃を拾って、それを上に向けて、

「私にあんたを罰する権利はない。これでも一応人間で、学生なのよね。だから人間のルールに則《のっと》って、あんたは陰陽局に連れて行ってもらう。処分は彼らに任せるわ」

パ――――ン。

私の撃った銃声が鳴り響く。これを機に、馨が狭間結界〝影刺しの国〟を発動。

連中は先ほど自らが撃ちまくった銃弾により、影を地面に打ち付けられ動きを封じられた。このタイミングで陰陽局の面々が動き、バルト・メローの海賊たちはあえなく御用となったのだった。

長いようで、短かった、一連の事件の終幕。

今世の闇をまざまざと見せつけられた事件だったが、これがきっかけで千年前の仲間たちが集ったというのも感慨深い。そして新たな敵と出会い、新たな疑念も芽吹いた。

もう陰陽局の邪魔にならないよう、倉庫を出て火薬の臭いの混じった空気を大きく吸い込む。

こんな場所からでも、綺麗《きれい》な星空が拝めるのね。

ふと意識が遠のき、ふらついた。

「……あれ」

だけど後ろから、私を支えてくれる逞《たくま》しい腕もある。

「馨」

酒呑童子の姿をした馨が私をひょいと抱き上げた。お姫様抱っこだ。珍しい。

「貧血だ。お前、どれだけ血を垂れ流してると思ってる」

「ふふ。仕方ないじゃない。血を流せば流すほど強い、茨木童子だもの」

そして私は、酒呑童子姿の馨の首に腕を回し、彼を一度ぎゅっと抱きしめ、

「会いたかったわ、シュウ様」

　この人を、シュウ様と呼んだ。

　ずっと呼びたかったの。この人をその名で。

　そうして腕の力を緩め、彼と顔を見合わせると、

「俺もだよ……茨姫《いばらひめ》。その姿は、なんだか卑怯《ひきょう》だな。泣きたくなる」

　シュウ様は、言った先から泣きそうになって、それを誤魔化すように笑っている。涼しげで憂いを帯びた目元が、遥《はる》か昔、この鬼に心を奪われた瞬間を思い出させてくれた。

　切ないのは、時間がないとわかっているから。

　もうすぐこの人に、会えなくなる。

「もう、元に戻るわね。そんな気がするわ」

「ああ……そうだな」

「……さようなら、シュウ様」

「ああ。さよならだ、茨姫」

　最後にシュウ様が、血のついた私の唇に触れ、そっと口付ける。お互いの新鮮な血の味に、お互いの生を実感したりして。

　多くの言葉は必要なく、そしてこれ以上、多くの時間もいらなかった。

　私たちはお互いの前世の姿に、束の間の逢瀬《おうせ》ができただけで、そして一度のキスだけで、

もう十分幸せだった。

大江山の仲間たち、そして今世の仲間たちに遠く見守られながら、魔法が解けていく。

私たちは再び、ただの茨木真紀と、天酒《あまさけ》馨に戻ったのだ。

この姿になると、途端にさっきのムードが小っ恥ずかしくなって、お互いに顔を真っ赤にして苦笑し、なぜか頭や背を摩《さす》りあったりした。いつもの私たち、おかえり、みたいな。

そしたらもう、たまらなくあの場所に帰りたくなる。

おもちを迎えに行って抱きしめてあげたいし、貧乏飯ガツガツ食べて、ボロい六畳間でぐっすり寝たい。

こんなことを考えていると私は元気が出てきたので、馨の腕からぴょんと飛び降り、勝気な笑顔で両手を広げた。

「さあ、みんなで帰りましょう。浅草へ！」

帰りたい場所があるというのは、本当に救いだ。

「はあ。ぼんやりするのは春だからか、病み上がりだからか。平和な日常が一番だな」

「そーねー。平和が一番よねー」

あれから数日後。

私も馨も、あんな騒動の後だからか、反動ですっかりダラけていた。

というのも、私と馨は浅草に帰り着いた途端に高熱を出して、まる二日寝込んだのだ。

これは強制変化薬の副作用とのこと。

スイがいればどうにかしてくれたでしょうけれど、彼は重傷を負っていたので事情聴取も兼ねて陰陽局の治療施設に直行し、浅草には居ないのだった。

逆に、虎ちゃんと熊ちゃんはすぐに元気になった。

もともと頑丈なあやかしだったけれど、怪我も浅草に戻った翌日には完治しており、私と馨の方が看病をしてもらったくらい。

そんなこんなで、結局学校へ戻ることなく春休みに突入。

休みだからって老後の爺《じい》さんと婆《ばあ》さんの如く熱いお茶すすって、バラエティ番組とか撮りためてたドラマとか、気になってた映画とかずーっと観てる。

「ぺひょ～？　ぺひょ～？」

おもちが部屋の端で、ピースの大きなパズルを出して遊んでいた。

三歳児向けのパズルらしいんだけど、おもちにはまだ難しいみたいで、さっきから頭抱えてハテナ浮かべて、体を左右に揺らしている。かわいい。

途中で諦《あきら》めて、今度は大好きな積み木遊びを始めた。お城作ってる。かわいい。

「ぺひょっ⁉」

しかし我が家に許可なく侵入してきた手鞠河童たちが、積み木のお城を容赦なく倒してしまったので、おもちがショックを受けてフリーズしている。

そのままグズって泣きそうだったが、

「あーよしよし。泣くな、強い男になれないぞ」

すかさず馨がおもちを抱き寄せ、自らの膝《ひざ》に乗っけた。

おもちは机の上の雷《かみなり》おこしを見つけ、さっきのことなど忘れて一心不乱に貪《むさぼ》り始める。

馨は、放置されたパズルを横目に見て、

「青桐さんが持ってきてくれたこのパズル、やっぱりおもちにはまだ難しいみたいだな」

「三歳児〜五歳児用って書いてたしね。まだまだおもちは赤ちゃんなのねー。でも何度か挑戦してたら、きっと出来るようになるわよ」

さっきおもちの積み木のお城を倒した手鞠河童たちが、

「こんなの楽勝でしゅ」

「あー、キリンしゃんでしゅ〜。キリンしゃん好きでしゅ〜」

「でもきゅうりの方がもーっと好きでしゅ」

などと言って、勝手にパズルを進めてキリンの絵を完成させている……

要するに手鞠河童の方がおもちよりずっと知能が上と……いやまあ、言われてみたらその通りなんだけど。カッパーランドを作り上げ、運営しているくらいだし。

でもアホなんだなあ……

「はあ。平和だな」

「平和ねえ」

まるで、先日のことが嘘のよう。

バラエティ番組で沸き起こる人々の愉快な笑い声を、なんとなく聞きながら、私は雷おこしを口に放り込み、数日前に身を投じた人外オークションについて考えていた。

まず、あのオークションの後処理については、昨夜、青桐さんと津場木茜がここにやってきて報告をしてくれた。

競売に参加していた者たちは、一部を除き騒動後に解放されたという。

なぜなら、陰陽局には主催者を捕える権利はあっても、参加者をどうにかする権利は与えられていなかったからだ。

ただ、あの時参加者の集うオークション会場を任されていた青桐さん曰《いわ》く、

「馨君の〝影刺しの国〟がいい感じにお灸《きゅう》を据えたので、あの場に居た者たちはもうあやかしには手を出せないでしょう。あやかしの恐ろしさと、死を疑似体験した記憶だけ残し、

あの日のことも我々に関する記憶も、全て消してしまいました。なので、報復の恐れもありませんよ」

記憶を消しただなんて、青桐さんそんなこと出来るの⁉

なんてびっくりしてたら、津場木茜が「それが青桐さんの術の力だ」とこそっと教えてくれたのだった。記憶の時間軸を弄《いじ》ったんですって。凄《すご》いわねえ。

あと、これは結構どうでもいいんだけど、馨がいつの間にか津場木茜を「茜」って、下の名前で呼び捨てするようになってた。何だかちょっと仲良くなってる感じがあるのよね。

いや、まあ、微笑ましい限りなんだけど……

また保護されたあやかしや、異国の魔物や人外生物のその後については、今もまだ陰陽局の方で議論されている最中《さなか》とのことだ。

浅草のあやかしたちは、陰陽局や浅草地下街に精神面のケアをしてもらいながら元どおりの生活に戻りつつある。日本固有のあやかしで、行き場をなくした者たちは、カッパーランドの手鞠河童たちが積極的に雇い入れたとか。まさか手鞠河童たちが、この界隈《かいわい》でも頼り甲斐《がい》のある雇用主になろうとは……

問題は異国の魔物や、人外生物たちだ。

彼らは日本で暮らす権利を持っておらず、異国の人外保護機関と連携し、元いた国に戻ったり、希望によってはその手の施設に入るという。

ちなみに、津場木茜が保護した〝狩人《かりゅうど》〟の二人。

女の子の方がムギで、男の子の方がメル。

狩人としてやってきた行いは許されないことだが、彼らは海賊に攫《さら》われ強制的に人体実験をされていた背景がある。

しばらくは事情聴取が行われるだろうが、その後は陰陽局の監視下で、まずは健全な心身を手に入れる必要がありそうだ。彼らについては、その後どんな行動を取るかで判断されるだろう。私もそれがいいと思う。

次に、浅草地下街の組長、灰島《はいじま》大和について。

馨に救出された組長たちは、浅草に戻り一時的に入院したが、三日ほどで退院した。

組長は、お見舞いに行った馨によって、彼が千年前の酒呑童子の部下・いくしま童子の生まれ変わりであることを知らされたが、

「す、すまねえ。全く思い出せねえし、実感もねえ。え、俺の前世がお前たちと一緒に戦った屈強な戦士？　雪鬼⁇　あ、ありえねえ……」

反応はいかにも組長って感じ。

やはり記憶も戻っていないらしいし、弱キャラを自ら刷り込んでいたぶん、前世の話を聞けば聞くほど怯《おび》えている。

でも馨は、組長には今まで通りの組長でいて欲しいらしく、あまり気にしすぎないで欲

しいとも言っていた。

雪や冷気を操る雪鬼だった頃の能力も解放されたが、使い慣れていないので徐々に慣らしていく必要がありそうだ。

今はまだ地面に霜を降ろす程度のことしかできない。だから「人を滑って転《こ》けさせるセコ技にしか使えないわね～」って、ろくろ首大夫《たゆう》の一乃《かずの》さんに笑われていた。

浅草地下街のメンバーもみんな無事だったし、やっと浅草も平穏を取り戻すだろう。

最後に、他の眷属《けんぞく》たちについて。

人外オークションで私と一緒に戦ってくれた凛音とは、あれからずっと会っていない。妙な吸血鬼連中と連《つる》んでいたけれど、元気にしているかしら。少し心配だ……

また、今回サポート役に徹していたミカは「僕は死ぬほど役立たずでしたっ！」と嘆き続けていた。そんなことないのにね。

でも兄弟眷属だった木羅々《きらら》が戻ってきたことは、とても嬉《うれ》しいみたい。

彼女は本体が藤の木なせいで、しばらく馨の作った簡易狭間《はざま》から出られず、まるで小さな妖精《ようせい》のようだったのだけど、そんな彼女に水や金平糖《コンペイトー》をあげたりして、スイが不在の間にお世話をしてくれていた。

そうそう。木羅々の今後、なんだけどね。

「木羅々の本体である藤の木は、裏明城学園《うらめいじょうがくえん》に植えるのが一番だと思うんだ」

　このように提案したのは馨だ。木羅々を保護した時から考えていたらしい。

　確かにあそこならば問題にならないし、カッパーランドもある。あやかしが毎日やってくる明るいテーマパークなので、宴好《うたげ》きな木羅々も寂しくないだろう。

　ちょうど我が家に不法侵入した手鞠河童たちの中に、カッパーランドの運営委員がいたので、このことを提案してみると、

「新しい〝映えスポット〟ができて嬉しいでしゅ〜」

　などと言って、水かき付きの小さなおててを叩《たた》いて喜んでいた。

　こいつら、自分たちが写真に写らないくせに、今時の映えを気にするのね……

「はあ。それにしても、今回はしんどい戦いだったな」

「そうねえ。虎ちゃんと熊ちゃんが描いてるバトル漫画みたいだったわね」

「お前が『私のことはいいから先に行け』的なことを言った時、これはフラグなんじゃないかって俺はヒヤヒヤしたもんだ……」

「ちょっとよくわからないけど、馨がやけに焦ってるなって思ってたわ」

　ズズズ……と二人してお茶を啜《すす》り、二人して長いため息をつく。

　そして馨が、おもむろにその話をした。

「ミクズだけでも厄介だってのに、金華猫《きんかびょう》も手強《てごわ》い女だった。あの宝島《たからじま》は大嶽丸《おおたけまる》が作ったとか言うしな。今回姿は見せなかったが、おそらくミクズの仲間だろう。ミクズの背後に

はどれだけ大妖怪《ようかい》がいるんだか」

「……そうね。強いのがミクズサイドにいるのは、困ったものね」

「そういや、未《いま》だ釈然としねーことがあるんだよな」

「なあに？」

「あの宝島を作った奴の名前を調べたんだが、製作者は二人いたんだ。一人がその大嶽丸だったんだが、もう一人は確か……来栖《くるす》未来《みらい》。そんな名前だった」

湯《ゆ》呑《の》みを口に運ぶ、その手がとまった。

「……来栖……未来……？」

「人間に狭間は作れない。おそらく、あやかしがその名を名乗っているだけだろう。だが、いったい何者なんだろうな」

「…………」

待って。

その名は、私、知ってる。

「……真紀？」

「う、ううん。私、ちょっと買い物行ってくる！　夕飯の買い出ししなくちゃ」

「俺も行こうか？」

「大丈夫、お肉買うだけだもの！　馨はおもち見てて」

馨に不審がられないよう振る舞うので、精一杯だった。

だって、それは、私がすでに出会っていた青年の名前。

「……そう、だったのね」

私はアパートの階段を早足で降り、商店街を駆け抜けながら、唇をキュッと結ぶ。

あなたはあの日、私に会いにきたのね。

来栖未来。いいえ……ライ。


春休み真っ盛りの、四月一日エイプリルフール。

特に嘘ついて遊ぶ余裕もなく、私たちは早速、木羅々を植えるために裏明城学園へとやって来た。ここのグラウンドにあるカッパーランドは、春休みとあって今日も盛況。

「ふう。こんなもんかしら」

私はというと、朝から手鞠河童たちと一緒に、中央広場の開けた場所に、大きな穴を掘り続けていた。土まみれの手鞠河童たちと、ただの土遊びを楽しんでいた真っ黒黒なおちを、この穴から引きあげさせる。今からここに木羅々を植えるからね。

「よし。じゃあ植えるぞ」

馨が、木羅々を閉じ込めていた透明キューブを開くと、藤の木は穴に根を下ろしすっぽりと収まる。繊細な木なので、丁寧に扱ってと私が横で口うるさい。

はい、手鞠河童たち。肥料を混ぜ込んだ土をかけて埋めてー。

はい、馨。お得意の結界術で、藤の木の枝を支える透明の藤棚を作ってー。

そんなこんなで、無事に植え替えが終わる。

藤棚も透明なので、美しい樹形もより一層見栄え良く、藤の木はここに鎮座する。

「凄い凄ーい！　やったー」

木羅々はうねりのある幹を囲んでぐるぐる走り回り、まるで子どものように両手をあげて喜んでいた。やっと自由になれたので、気分も清々《すがすが》しいだろう。

あと、悪い奴らに着せられていたフリフリの服、気に入ったみたいで今も着ている。まあ、似合うからいいと思うんだけど。

「木羅々はここ、気に入った？」

「うん。だってね茨姫、ここは狭間の国に似てるのよ！」

「そうか〜？　河童だらけのテーマパークだぞ。狭間の国はもっと荘厳でカッコよかったはず」

「見た目の問題じゃないのよ、酒呑童子。空気とお日様の味が似てるのよ。貴殿の作った狭間の匂いだもの」

木羅々がふわりと舞い上がり、枝に腰を下ろす。

すると、三本足の黒い鳥が彼女の傍にとまった。

ミカだ。千年前もこんな風に、木羅々の木はミカの宿木となっていたっけ。

「我が弟は相変わらずめんこいのよ」

木羅々は小烏姿のミカの嘴《くちばし》を撫《な》でている。

どこか懐かしい光景に、私は人知れず微笑んだ。

「………」

ゆらゆらと、万年咲く藤の花の房が揺れている。

千年前、この藤の木は私たちの〝狭間の国〟の結界柱として、美しくも幻想的な藤景色を見せてくれていた。この木は、かの国のシンボルの一つだった。

だけど、裏切り者のミクズによって、燃やされた。

木羅々は苗木から見事復活したけど、今はまだ、千年前のような巨大な藤の木ではない。

今世はここに根づいて、長い時間をかけて再び立派な藤の木に成長して欲しい。

「差し入れでしゅ～」

「きゅうりソフトと、キューカンバーサイダーと、新作のカッパーまんでしゅ～」

「愛らしいのでインシュタ映えすると評判でしゅ～」

手鞠河童たちが続々とランドのグルメを差し入れしに来た。

新作の〝カッパーまん〟は、文字通り手鞠河童の顔を象《かたど》ったネギ塩豚まんとのことなのだが、だいぶ目が偏ってたり、嘴が曲がっていたり、河童のお皿が取れかけてたり、お粗末な出来栄えもちらほら。

「ねえ、愛らしいっていうか怖いんだけど。本当にインシュタ映えしてるの？」

「あー。顔がヤバいことになってるのも、それはそれで話題になるでしゅ〜」

「どうしても作り手の技量で、出来栄えに差が出るんでしゅ〜。それもまた一興でしゅ」

「は、はあ……まあいいけど」

手鞠河童たちの言い訳はともかく、味はちゃんと美味《おい》しかったのでよしとする。

いつかおもちのお饅頭《まんじゅう》も作って欲しいわねえ、なーんて独り言いったら、さっそく手鞠河童たちは円陣を組み「黒ごまあんまんでしゅかね」「チョコレートまんでしゅかね」などと審議をはじめたのだった。

差し入れをお供に藤の木の下にて休憩していると、開放された中央広場には数多くの見物客がやって来た。

小さなあやかしも、大きなあやかしも。

浅草を騒がせ不安に陥れた〝狩人事件〟を吹き飛ばすような、賑《にぎ》やかな宴会が始まる。

まるで、千年前の大江山のようだ。

「えぇっ!? どうして木羅々が、自由にスィの家に入り浸ってるの!?」

春休みも、そろそろ終盤。

スイが戻ってきたと聞いて千夜《せんや》漢方薬局に顔を出すと、そこにはなんと木羅々がいて優雅に薬膳《やくぜん》茶を啜っていた。

確か木羅々は、本体である藤の木の近くにしか居られなかったはず。

「ボクもよくわからないんだけど、何度も掘り返されたり植え替えられたりしたせいで、多少の移動ができるようになったのよ。環境の変化に対応できるようになったみたい。昔は体がとても重かったけれど、今はすっごく軽いのよ」

木羅々は窓際の細長い花瓶に生けた藤の花を指差す。

「あのように藤の房を一つ側に置いておけば、そこそこの距離を移動できるのよ。そしてこの房が枯れる頃に、新しいのを取りに行けばいいの。だからボクはずっとここにいるつもり」

ニコニコ笑顔で嬉しそうに語る。

そりゃあそうだ。だって千年前は、大きな藤の木の範囲からは出ることができず、木羅々はいつも誰かが来るのを待つような、寂しい思いをしていたんだから。

燃やされたり、掘り返されたり、結界に閉じ込めて窮屈な思いをさせてしまったりしたけれど、木羅々が自由を手に入れたのなら、結果オーライかもしれない。

「よかったわねえ、木羅々。じゃあ実質、木羅々はスイの家でお世話になるってことね」

「ま、そう言うことだよね～」

スイがやれやれと首を振りながら、私の分の薬膳茶を持って来てくれた。

彼のチャームポイントである片眼鏡《モノクル》も新調してるし、もうすっかり元気そうだ。よかった。

「もう一つ部屋を用意しなきゃで大変なんだよ。我が家が賑やかになるのはいいんだけどさ。木羅々ちゃんは可愛いし、女の子がいると男所帯も華やぐし～」

「ボク性別ないのよ」

「いいんだよ！　俺の中で木羅々ちゃんは女の子カウントなんだから！　そうじゃないと、やってらんないんだから！　洋服も女の子のものがいいんでしょ」

「うん。だって綺麗《きれい》だし可愛いし。ボクに似合うし」

「いいよいいよ～。おじさんが可愛いの買ってあげる。ミカ君が割烹着《かっぽうぎ》だから木羅々ちゃんはメイド服ね。明日秋葉原《あきはばら》行こう」

「なんだこいつ、気持ち悪いな……」

ただの変態のようなスイの発言に、割烹着姿のミカがドン引きしている。

「そうだ木羅々。今から浅草散策に行かない？　私、木羅々に浅草の美味しいものを食べさせてあげたいし、素敵な場所を見せてあげたいわ！　それに紹介したいひとたちも！」

「えっ。わあ、茨姫！」

私は木羅々の手を取って、薬局を飛び出す。

スイもまた「今日は店じまい〜」とシャッターを降ろしてついてくるし、ミカも木羅々に、近所にある御用達のお店なんかを教えてあげていた。

少し外に出るだけでも、現世《うつしよ》は木羅々にとって、新鮮なもので溢《あふ》れかえっている。

「この派手な建物は何？」

「浅草演芸ホールよ。落語や漫才でお客さんを楽しませてくれるところ。浅草は演芸の街でもあるのよ」

「こっちは何？」

「花やしきよ。日本最古の遊園地で、浅草のランドマークの一つ。今度一緒に遊びに行きましょう」

「あれは何？」

「浅草寺《せんそうじ》よ。毎日大勢の参拝客がやってくる、日本を代表するお寺の一つと言っていいわね。お参りして行きましょう」

私は通りすがりにある浅草の有名な観光スポットを教えてあげながら、まずは浅草寺の本堂にて、木羅々がこの土地を好きになってくれますようにとお参りした。

その後、仲見世《なかみせ》通りに向かいお楽しみの浅草グルメを堪能《たんのう》する。

「じゃじゃーん。浅草名物、あげまんじゅう！」

まずは浅草寺から三軒目にある『浅草九重《ここのえ》』にて、揚げたてのあげまんじゅうをゲット。

木羅々は甘いものが好きだったから、あげまんじゅうも絶対気にいると思って。

「これは何なの？」

「まあまあ。一口齧《かじ》ってみて」

と言いつつ、私が先にあげまんじゅうにかぶりつく。

油でカラッと揚げた衣の中には、温かいこしあんがたっぷり入ったお饅頭《まんじゅう》が。

サクッと香ばしい。それでいて甘さは程よく、重くない。意外とペロッと食べられてもう一つ違う味も試してみようかなと思ってしまうのが、ここのあげまんじゅう。

「あー、これボク好きなのよ〜」

「でしょう。そうだと思ったわ」

なんて、私は得意げになったりして。

私が食べたのはプレーンだけど、色んな味の食べ比べも楽しいと思う。スイは抹茶あんで、ミカはカスタードあん。おもちは大好きな、いもあんね。

「さあ次に行くわよ！」

「わっ、茨姫、張り切りすぎなのよ〜」

次に向かったのは、その場で焼いてくれるお煎餅《せんべい》が人気の『壱番屋』。

焼きたてのお煎餅をササッと醤油《しょうゆ》ダレにつけて、大きな海苔《のり》で巻いた「浅草のり」がオススメだ。パリパリ食感と、お米の味とお醤油の風味が楽しめる。

これも一枚ペロッと完食。甘いものの後にしょっぱいのって、いいよね。

「さ、締めにまた甘いもの！」

「真紀ちゃんグイグイ行くね〜」

「当たり前でしょうスイ！　私も久々に浅草の活気を感じたいの。主に胃袋で！」

「なるほど。じゃあ俺はそんな真紀ちゃんや木羅々ちゃん、おもちちゃんについでにミカ君にご奉仕しよう。命かけて連れ戻してくれたから、そのお礼も兼ねてお財布で〜」

なんてニヤニヤしながら財布の紐《ひも》を解くスイ。私も遠慮なく、

「んー、じゃあ浅草ちょうちんもなか、よろしく」

「仰せのままに、茨姫様！」

お次は『浅草ちょうちんもなか』だ。これは、提灯《ちょうちん》の形をした小さな最中《もなか》の中に、アイスを挟んで食べるやつ。見た目も小さくて可愛い。

こっちも色んな味があるけれど、私は「きなこ」一筋。黒蜜《くろみつ》入りのきなこアイスを挟んだちょうちんもなかのサクサク感は、和アイスとの相性が抜群。

「ミカ君のは何味なの？」

「紅いも味のアイスだ。僕もおもちも、ここのは紅いもが好き」

「んー、じゃあボクもそれにしてみるのよ」

木羅々は仲良しのミカにならって、紅いもをチョイス。スイは王道のバニラ。

その後も仲見世通りを行ったり来たりして、美味しいもの色々食べた。

定番のあづまのきびだんごでしょう、大好きな浅草メンチでしょう、舟和《ふなわ》の芋ようかんを挟んだ舟月どら焼でしょう……

「うーん、満足したような、もうちょっと食べたいような」

「いや〜、真紀ちゃんの胃袋について行くのも、こっちは必死だよねぇ」

眷属《けんぞく》たちがそろそろギブアップを訴え始めた。どうしよっかなーと思っていた、その頃、

「おい、やっと見つけたぞ」

「あ、馨。バイト終わったの？　お疲れ〜」

馨がここで合流した。春休みで仲見世通りは人が多かったんだけど、馨の目があればすぐに私たちを見つけられたでしょうに。

「よお、茨木」

「あ、組長も！　それに大黒《だいこく》先輩も」

どうやら馨は組長と大黒先輩を連れてきたようだった。

私はさっそく、浅草でも特にお世話になっているこの二人を、木羅々に紹介。

「こっちの怖い顔の人は、浅草であやかしの使いっ走りをしてくれる尊い人よ。大和組長

って呼んで。あ、一応いくしま童子の生まれ変わり」

「おい、茨木。紹介がかなり雑なんだが」

「それでこっちの後光とオーラの凄《すご》い人は、浅草寺の大黒天《だいこくてん》様。暑苦しいけどご利益も凄いから、時々拝んどくといいことあるわよ」

「アッハッハ。さすがは真紀坊！　浅草寺の神ですら雑かっ！」

木羅々もまた、どこで覚えたのかフリフリのスカートをつまんで軽く頭を下げ、

「ボクは茨木童子の元眷属。名を木羅々と言うのよ。以後お見知り置きを」

ここは威厳と艶《つや》のある声音で名乗った。

人間離れした美しい容姿と、澄みきった軽やかな声は、植物の精霊の高潔さと清らかさを示している。

組長も大黒先輩も、「浅草にまた濃いのがきたなー」と生温かい目をしていた。

「あ、そうそう組長。私、浅草寺の前で観光客っぽく写真を撮りたいの。いいかしら」

「まあ、観光客で譲り合って写真撮る分には、普通の光景だからいいんじゃないのか」

私は、なんていうか、はしゃいでいた。

皆を引き連れて、いざ雷門《かみなりもん》の前まで向かう。

馨が隣にきて、こそっと、

「珍しいなお前。雷門の前で写真なんて。地元だから別に〜みたいな感じだったじゃねー

か、今まで」

「だーって、今は今しかないじゃない。老後に見て楽しむ写真はいっぱい残しとかなきゃ。そうでしょ、馨」

「老後ねえ」

雷門の前にはたくさんの観光客がいたが、ちょっといい感じに人が少なくなった瞬間があり、私たちは浅草のランドマークである雷門の前に集う。

「ほら、組長も！」

「え。俺、その……いくしま童子だった記憶とかまるで無いんだけど……いいのか？」

「いいんです。そもそも大和さんにはお世話になりっぱなしでしたから」

馨もまた、遠慮しがちな組長を呼ぶ。

「あ、由理！」

私は目ざとく、浅草のパトロールで空を飛んでいた由理を見つけ「降りてきて～」と叫ぶ。

由理はすぐに気が付いてくれた。

「え、なにこの状況」

「雷門の前で、皆で写真を撮ろうと思って。由理も入って。あんたも狭間の国の臨時講師みたいな所あったでしょ」

「ええ、いいの？　ちょっと立場違うけど」

「いいんだよ。お前が居なかったら、そもそも酒呑童子と茨姫は出会っていない。すなわち、狭間の国もできてないってことだ」

「なるほど確かに。じゃあ、お言葉に甘えて」

由理はすんなり、私たちの中に入ってくれた。

「あっ！　お頭に奥方様じゃ！」

「まあ、みんな揃ってどうしたのですか？」

タイミングよく虎ちゃんと熊ちゃんが通りかかった。二人は徹夜明けでかなりボロボロだったけど、賑《にぎ》やかなのが好きなので速攻私たちの中に入った。

「リン！　凛音！　どうせどっかにいるんでしょ、出て来なさい！　血をあげるから」

そして最後に、一番の問題児を呼ぶ。

そしたらやっぱり、どこからともなく現れるリン君。

彼を呼び出したい時は、血という釣り餌《え》を投げるしかないわね。

「なんだ、茨姫」

「集合写真を撮るからここに来て」

「い、嫌だ」

逃げようとする凛音を、虎ちゃんと熊ちゃんが、

「おおリンじゃ！　久しぶりじゃのう！　立派になって！」

「お変わりありませんか凛音殿。相変わらず絵になるお姿をしていらっしゃいますね」

親戚《しんせき》のノリで絡んで逃がさない。流石の凛音も、かつて剣の師でもあったこの二人には悪態も吐けず、青い顔してここに留《とど》まってくれる。

さあ、これで勢揃いだ。

「ここには……大江山の仲間たちが、皆いるのよ。そうよね、茨姫」

隣にいた木羅々が、そっと私の手を握る。

「ええ、そうよ。……木羅々も、ずっと私たちを待っていてくれてありがとう。浅草に来てくれて、ありがとう」

私もまた、彼女の小さな手を強く握り返した。

そして私たちは、大切な仲間たちと一緒に、雷門の前で写真を撮る。

暖かな春の、夕暮れの下で。

「笑え笑うのだ！　死ぬほど笑って～～はいっ、チーズ！」

恐れ多くも浅草寺の大黒天様に、スマホのシャッターを押してもらったりして。

笑顔で。

どうか、これからもみんな一緒に、幸せでありますように。

《裏》真紀、その者の正体を知る。

春休み最後の日、カッパーランドは休園日だった。

誰もいない静かな遊園地って、大きな遊具のシルエットだけがそこにあって寂しい心地になる。大きな太陽の沈みゆく、燃えるような夕焼け空は、この空間が現実のものではないことを教えてくれる。

「まあでも、私には好都合、か」

私は裏明城学園の、旧館の廊下を歩き、旧理科室へと向かった。

そこを拠点としている、ある人物に会いに。

その人は春休みだというのに白衣姿で、相変わらず教室の窓からタバコを吹かし、ただ静かに濃い夕暮れ空を眺めている。

「こんにちは。叶《かのう》先生」

「……茨木か」

先生は静かに振り返る。日本人離れした金髪が、気だるげな目元で揺れていた。

叶先生。いや、安倍晴明《あべのせいめい》の生まれ変わり。

この男は目の前のテーブルに、いくつもの資料を積み上げ、散らかし、何かを調べているようだ。その中には、バルト・メロー関連の資料もある。

四神の玄武が入手したんだろうか。

何にも関わっていないようで、この男はいつも何かを目的に勝手に動いている。

それが何なのか、今もまだわからない。

「そろそろ来るんじゃないかとは思っていた。俺に聞きたいことがあるんだろう」

先生はお見通しだ。私はただ頷《うなず》く。

いつも一緒にいる葛《くず》の葉《は》もいなければ、式神の玄武も、由理もいない。

叶先生は、もしかしたら私がここに来るのを、待っていたのかもしれない。

「先生は、バルト・メローの一件を由理や玄武から聞いて知っていると思うけど、狩人《かりゅうど》の中に〝ライ〟って子がいたの。いいえ、本当の名前は〝来栖未来〟。その子が……」

「天酒馨に、似てるって話か」

「……もう、当然のように知っているのね、先生は」

先生が前に言っていた〝運命的な出会い〟とは、このことだったんだろうか。

私は目を閉じ、深呼吸して、薄く目を開く。

一つ、覚悟のようなものを抱いて。

「何の理由もないとは思えないの。私の直感が、おかしいとも思えない。だったらもう、理由は一つよ。これが馨の〝嘘〟に関係あるんでしょう？」

叶先生はしばらく黙っていた。

咥《くわ》えていたタバコを灰皿に押し付け、スタスタと黒板の前までやってくる。

「授業だ、茨木」

「……はい？」

「遠い昔話の事実から考察しよう。かつて酒呑童子は、その首を斬り落とされて死んだ。では、その首を斬ったものは何だ？」

叶先生は順序立てて問う。まるで生徒に対し、問題の答えを導いているかのように。

「それは……源《みなもとのよりみつ》頼光の宝刀〝童子《どうじ》切《きり》〟よ」

とても有名な刀だ。

酒呑童子伝説を知っているものは、同時にこの刀を連想するでしょうから。

「そうだ。その〝童子切〟は現在、陰陽局が厳重に保管している。他の宝刀のように、所属する優秀な退魔師に預けることもない。なぜなら、その刀が何かを〝切る〟ということが、とても危険なことだったからだ」

とても危険なこと……？

そりゃあ、あの刀がとんでもない代物であることは知っている。酒呑童子を斬ったんだもの。だけど叶先生が危険だと言っている理由は、別のところにあるようだった。

「童子切とは、あやかしの魂を切る刀である」

先生の声音は、嫌に落ち着いていた。

「……あやかしの、魂を……切る刀」

「通常ならば魂を切った衝撃で魂が消滅してしまい、転生すら望めなくなってしまうのだが、酒呑童子ほどの大妖怪《ようかい》の場合、そうではなかった」

先生は白いチョークを持って、黒板に何か描く。

適当なひと形だ。その首の部分に、思い切り〝線〟を入れた。

「源頼光は、童子切をもって酒呑童子の首を切った。だが奴ほどの退魔の武将であっても、酒呑童子の魂を消滅させることなど出来なかったんだよ。それでいて、首と胴体、二つに分断された肉体と同じく、魂もまた二つに分断されてしまったのだ」

「魂が……二つに分断……？」

黒板の絵が、途端に生々しく感じられる。

叶先生は頭部に「1」と、そして胴体に「2」と数字を入れた。

それだけでもう、嫌な予感しかしなくて、私は震えそうになる手をぐっと握って叶先生を睨《にら》みつけていた。

だって、それならば酒呑童子の魂は、今、二つあるってことじゃない。

叶先生は、表情を変えることなく淡々と続ける。

「源頼光一行は、酒呑童子討伐の帰り道でその事に気が付いた。戦利品として首を持ち帰っているところだったが、まだ魂の宿った首を平安京《へいあんきょう》に持ち込むなど、祟《たた》りが恐ろしくてできない。このままでは都が、飢餓や災害に見舞われると考えたのだ。酒呑童子の祟りを恐れた源頼光は、その場にて地蔵尊《じぞうそん》の助力を得て、首から魂を抜き取ったのだ」

「……首の魂は、どこへ？」

「源頼光が、自らの体内に封じた」

「…………」

私が嫌な予感を噛《か》み砕き、理解し尽くす前に。

もうわかっているんだろう、と、静かに訴えるような瞳《ひとみ》で叶先生は真実を告げる。

「ライ……いや、来栖未来の正体は〝源頼光〟の生まれ変わり。それでいて、酒呑童子の魂の〝半分〟を宿す者だ」

ジワリと目を見開き、瞬《まばた》くこともなく、ゆっくりとゆっくりと私は俯《うつむ》く。

握りしめていた拳《こぶし》から、静かに血が流れていた。

「そして、もう半分の魂を宿すのが、馨ということ……？」

「そうだ。天酒馨の無自覚の嘘とは、魂の〝嘘〟。あいつは完全な酒呑童子の生まれ変わりではないのだから」

気がつけば、ポタポタと涙がこぼれていた。

「……なによそれ」

足元にいた小さな手鞠河童のお皿に、私の涙がピチョンとこぼれて、その子が心配そうに私を見上げている。だって、

「そんなこと、馨が知ったら、どれほど傷つくか……っ」

今まで信じてきた自分を、否定されるような事実だ。

首を切られて死んだ。

その首を巡って、争いが生まれた。

ただ、あやかしたちの居場所を作りたくて王となり、彼らを守っていた。

一途《いちず》な恋をした鬼だった。ただそれだけなのに。

「一応言っておくが、魂が半分だからと言って命に別状があるわけじゃ無いぞ。ただ、もう一人いると言うだけだ。……それでもやはり、お前は天酒馨の為に泣くんだな」

叶先生のその言葉に、私はスッと顔を上げた。

「当然よ。私が愛しているのは、馨だもの」

「それは、もう一人が憎き源頼光の生まれ変わりでもあるからか？」

「違うわ。馨が馨だからよ」

一点の曇りもなく、それだけははっきりと、はっきりと告げた。

それはとても大事なことだった。たとえ酒呑童子の生まれ変わりがもう一人いたとしても、迷うはずなどないのだ。迷ってはいけないのだ。

茨木真紀が愛しているのは、天酒馨なのだ。

「ならばもう一人は突き放すのか。例えばお前に、救いを求めたとしても」

冷めた言葉に表情をぐっと歪《ゆが》め、私は、晴明を睨む。

何もかもを知ったように語るこの男に掴《つか》みかかり、縋《すが》るように言葉を吐き出す。

「だからこそ残酷なんじゃない……っ！　だって、あの子も確かにシュウ様だった！」

だけど、仇《かたき》の源頼光でもある。記憶があろうと無かろうと、両極端の魂を宿していると いうことがどういうことなのかは、察しがつくのだ。

ただ私は、悔しくて、悔しくて、悔しくてたまらない。

あの人の魂が、今もまだ世界に弄《もてあそ》ばれている。

だけど私には、どうしていいのか、まるでわからない。

なんて酷《ひど》い、御伽《おとぎ》草子があったものだろう。

幸せになりたいだけなのに、運命を司《つかさど》る神様は、私たちが心底嫌いなのだ。

あとがき

こんにちは。友麻碧《ゆうまみどり》です。

浅草鬼嫁日記もはや六巻。今までとは少し違い、日常から離れたハードなお話だったかもしれません。

表紙でも、実は五巻の〝日常〟の対となった〝非日常〟が表現されております。

朝と夜。人間と、あやかし……ぜひじっくり見比べてみてください。

今回は浅草《あさくさ》を離れ、大きな船にも乗って、仲間たちを助けるために敵地に乗り込むぞというお話でした。

これは千年前の酒呑童子《しゅてんどうじ》や茨木童子《いばらきどうじ》のやってきたことでもあり、タイトル通り、今ひとたび彼らは降臨し、同じようにあやかしや仲間たちを助けようと頑張ります。

仲間たちが捕われたり、助けに行くために今まで敵だった者たちと協力したり、敵と戦ったり……少年漫画のような激しい戦いも、少女漫画のような恋のお話もたっぷり詰め込み、それでも最後にいつもの浅草の日常に戻ってくる。

そういった、彼らしいお話にできていたらと思います。

　そしてそれを、楽しんでいただけたなら、本当に嬉《うれ》しいです。

　ちなみに横浜《よこはま》中華街といえば、友麻はエッグタルトが大好き。まだ温かくとろとろのプリンがパイ生地に頼りなく乗っかってる、それを二口三口でいただくのが最高です。そして今回も舞台の一つにさせていただいた横浜港の大さん橋ですが、本当に夜景が素晴らしいので、横浜観光の際はぜひお立ち寄りください。


　宣伝です。今回、浅草鬼嫁日記のコミカライズが発売されます。

　本編のコミカライズであるビーズログコミックス『浅草鬼嫁日記　あやかし夫婦は今世こそ幸せになりたい。』2巻が同時発売、また馨《かおる》視点の角川コミックス・エース『浅草鬼嫁日記　天酒馨は前世の嫁と平穏に暮らしたい。』1巻が今月二十六日発売予定です。（要するに三月は、原作小説六巻と、コミカライズが2冊発売されているよ！）

　どちらも原作は同じですが、視点が違うとキャラやストーリーの印象も変わってきて、私自身気づかされることが沢山あり、どちらもとても素敵で自慢のコミカライズです。

　ぜひ読者の皆様にも、生き生きと動き回る真紀《まき》や馨の活躍を、両サイドから楽しんでいただけたらと思っております。

　また、今回浅草鬼嫁日記の宣伝でボイスPVを作っていただきました！

　各キャラに声優さんの声がつき、私もワクワクしながら脚本を担当させていただきました。とにかく「声で聞きたい！」と思っていたセリフをこれでもかとぶち込んだPVですので、皆様にもぜひご覧いただけたらと思っております。

それでは最後になりましたが、作品作りに携わっていただいた皆様と、読者の皆様に感謝を。六巻を発売するにあたり今回はたくさんの展開がありましたので、少し長めに。

担当編集様。六巻を作るにあたり多くの助言をいただきまして本当に感謝しております。今回、苦労することの多い原稿でしたが、編集様のご意見に助けられ、無事一冊に仕上げることができました。またこのシリーズを様々な形で宣伝、展開していただき、数多く手を尽くしていただきました。本当にありがとうございます。

イラストレーターのあやとき様。
今回の表紙は本当にかっこいいですね！　五巻の日常と対になった非日常の一枚絵を、妖《あや》しく色彩鮮やかに描いていただきました。手前の凛音《りんね》の表情が凄《すご》くいいなーと思っており、また小枝を持って戦闘モード（弱そう）な手鞠河童《てまりがっぱ》たちが愛くるしいです。二刀流の手鞠河童がいると思ったら、手前に一匹だけ丸腰なのがいて爆笑でした。またPVではたくさんの可愛いSDキャラを用意していただき、宣伝漫画も手がけていただきました。お忙しい中、たくさんお世話になりました。本当にありがとうございました！
最後に、読者の皆様。いつもお手紙やツイッターなどで応援をありがとうございます。

ヘタレる時もあるのですが、読者の皆様のお言葉にたくさん支えられております。

三つの嘘が出揃った、ここが物語の折り返しです。

デンジャラスな六巻でしたが、七巻は再び浅草での日常になります。真紀たちは三年生になり、将来のことを考えながら、多くが結末に向かって動き始める、そんな一冊にしたいと思っております。

秋頃の発売を目標にしております。

どうぞ、よろしくお願いいたします。

友麻碧

お便りはこちらまで

〒一〇二―八五八四
富士見L文庫編集部　気付
友麻碧（様）宛
あやとき（様）宛

富士見Ｌ文庫

浅草鬼嫁日記《あさくさおによめにっき》　六
あやかし夫婦《ふうふ》は今《いま》ひとたび降臨《こうりん》する。

友麻《ゆうま》　碧《みどり》

平成31年３月15日　初版発行
平成31年４月10日　再版発行

発行者　三坂泰二
発　行　株式会社 KADOKAWA
〒102-8177　東京都千代田区富士見2-13-3
電話　0570-002-301（ナビダイヤル）

印刷所　旭印刷株式会社
製本所　本間製本株式会社
装丁者　西村弘美

定価はカバーに表示してあります。　◇◇◇

KADOKAWA　カスタマーサポート
［電話］0570-002-301（土日祝日を除く11時～13時、14時～17時）
［WEB］https://www.kadokawa.co.jp/（「お問い合わせ」へお進みください）
※製造不良品につきましては上記窓口にて承ります。
※記述・収録内容を超えるご質問にはお答えできない場合があります。
※サポートは日本国内に限らせていただきます。

ISBN 978-4-04-072856-8 C0193